南 山 博 文

中国美术学院博士生论文

潜在与日常

——乔治·佩雷克的写作实践

宫林林　著

中国美术学院出版社

《南山博文》编委会

主　　任　许　江
副主任　刘　健　宋建明　刘国辉
编　　委　范景中　曹意强　毛建波
　　　　　杨桦林　傅新生

责任编辑：刘翠云　章腊梅
装帧设计：谢先良
责任校对：杨轩飞
责任印制：张荣胜

图书在版编目（ＣＩＰ）数据

潜在与日常：乔治·佩雷克的写作实践 / 宫林林著
. -- 杭州：中国美术学院出版社，2023.3
　（南山博文 / 许江主编）
　ISBN 978-7-5503-2260-8

　Ⅰ．①潜… Ⅱ．①宫… Ⅲ．①佩雷克（Perec,
Georges 1936-1982）—文学研究 Ⅳ．① I565.065

中国国家版本馆 CIP 数据核字（2023）第 030749 号

潜在与日常——乔治·佩雷克的写作实践

宫林林　著

出 品 人：祝平凡
出版发行：中国美术学院出版社
地　　址：中国·杭州南山路218号 / 邮政编码：310002
网　　址：http://www.caapress.com
经　　销：全国新华书店
印　　刷：杭州恒力通印务有限公司
版　　次：2023年3月第1版
印　　次：2023年3月第1次印刷
印　　张：9.25
开　　本：787mm×1092mm　1/16
字　　数：200千
印　　数：0001—2000
书　　号：ISBN 978-7-5503-2260-8
定　　价：50.00元

南山博文

总 序

打造学院精英

当我们讲"打造中国学院的精英"之时，并不是要将学院的艺术青年培养成西方样式的翻版，培养成为少数人服务的文化贵族，培养成对中国的文化现实视而不见、与中国民众以及本土生活相脱节的一类。中国的美术学院的使命就是要重建中国学院的精英性。一个真正的中国学院必须牢牢植根于中国文化的最深处。一个真正的学院精英必须对中国文化具有充分的自觉精神和主体意识。

当今时代，跨文化境域正深刻地叠合而成我们生存的文化背景，工业化、信息化发展深刻地影响着如今的文化生态，城市化进程深刻地提出多种类型和多种关怀指向的文化命题，市场化环境带来文化体制和身份的深刻变革，所有这一切都包裹着新时代新需求的沉甸甸的胎衣，孕育着当代视觉文化的深刻转向。今天美术学院的学科专业结构已经发生变化。从美术学学科内部来讲，传统艺术形态的专业研究方向在持续的文化热潮中，重温深厚宏博的画论和诗学传统，一方面提出重建中国画学与书学的使命方向，另一方面以观看的存疑和诘问来追寻绘画的直观建构的方法，形成思想与艺术的独树一帜的对话体系。与此同时，一些实验形态的艺术以人文批判的情怀涉入现实生活的肌体，显露出更为贴近生活、更为贴近媒体时尚的积极思考，迅疾成长为新的研究方向。我们努力将这些不同的研究方向置入一个人形的结构中，组织成环环相扣、共生互动的整体联系。从整个学院的学科建设来讲，除了回应和引领全球境域中生活时尚的设计艺术学科外，回应和引领城市化进程的建筑艺术学科，回应和引领媒体生活的电影学和广播电视艺术学学科，回应和引领艺术人文研究与传播的艺术学学科都应运而生，组成具有视觉研究特色的人文艺术学科群。将来以总体艺术关怀的基本点，还将涉入戏剧、表演等学科。面对这样众多的学科划分，建立一个通识教育的基础阶段十分重要。这种通识教育不仅要构筑一个由世界性经典文明为中心的普适性教育，还要面对始终环绕着我们的中西对话基本模式、思考"自我文明将如何保存和发展"这样一类基本命题。这种通识教育被寄望来建构一种"自我文化模式"的共同基础，本身就包含了对于强势文明一统天下的颠覆观念，而着力树立复数的今古人文的价值关联体系，完成特定文化人群的文明认同的历史教育，塑造重建文化活力的主体力量，担当起"文化熔炉"的再造使命。

马一浮先生在《对浙江大学生毕业诸生的讲演词》中说："国家生命所系，实系于文化。而文化根本则在思想。从闻见得来的是知识，由自己体究，能将各种知识融会贯通，成立一个体系，名为思想。"孔子所谓的"知"，就是指思想而言。知、言、行，内在的是知，发于外的是言行。所以中国理学强调"格物、致知、诚意、正心、修身、齐家、治国、平天下"的序列及交互的生命义理。整部中国古典教育史反反复复重申的就是这个内圣外王的道理。在柏拉图那里，教育的本质就是"引导心灵转向"。这个引导心灵转向的过程，强调将心灵引向对于个别事物的理念上的超越，使之直面"事物本身"。为此必须引导心灵一步步向上，从低层次渐渐提升上去。在这过程中，提倡心灵远离事物的表象存在，去看真实的东西。从这个意义上讲，教育与学术研究、艺术与哲学的任务是一致的，都是教导人们面向真实，而抵达真实之途正是不断寻求"正确地看"的过程。为此柏拉图强调"综览"，通过综览整合的方式达到真。"综览"代表了早期学院精神的古典精髓。

中华文化，源远流长。纵观中国艺术史，不难窥见，开时代之先的均为画家而兼画论家。一方面他们是丹青好手，甚至是世所独绝的一代大师，另一方面，是中国画论得以阐明和传承并代有发展的历史名家，是中国画史和画论的文献主角。他们同是绘画实践与理论的时代高峰的创造者。他们承接和彰显着中国绘画精神艺理相通、生生不息的伟大的通人传统。中国绘画的通人传统使我们有理由在艺术经历分科之学、以培养艺术实践与理论各具所长的专门人才为目标的今天，来重新思考艺术的教育方式及其模式建构的问题。今日分科之学的一个重大弊端就在于将"知识"分类切块，学生被特定的"块"引向不同的"类"，不同的专业方向。这种专业方向与社会真正需求者，与马一浮先生所说的"思想者"不能相通。所以，"通"始终是学院的使命。要使其相通，重在艺术的内在精神。中国人将追寻自然的自觉，演变而成物化的精神，专注于物我一体的艺术境界，可赋予自然以人格化，亦可赋予人格以自然化，从而进一步将在山水自然中安顿自己生命的想法，发显而为"玄对山水"、以山水为美的世界，并始终铸炼着一种内修优先、精神至上的本质。所有这些关于内外能通、襟抱与绘事能通的特质，都使得中国绘画成为中国文人发露情感和胸襟的基本方式，并与文学、史学互为补益、互为彰显而相生相和。这是中国绘画源远流长的伟大的自觉，也是我们重建中国学院的精英性的一个重要起点。

在上述的这个机制设定之中，让我们仍然对某种现成化的系统感到担忧，这种系统有可能与知识的学科划分所显露出来的弊端结构性地联系在一起。如何在这样一个不可回避的学科框架中，有效地解决个性开启与共性需求、人文创意与知识学基础之间的矛盾，就是要不断地从精神上回返早期学院那种师生"同游"的关系。中国文化是强调"心游"的文化。"游"从水从流，一如旌旗的流苏，指不同的东西以原样来相伴相行，并始终保持自己。中国古典书院，历史上的文人雅集，都带着这种"曲水流觞"、与天地同游的心灵沟通的方式。欧洲美术学院有史以来所不断实践着的工作室体制，在经历了包豪斯的工坊系统的改革之后，持续容纳新的内涵，可以寄予希望构成这种"同游"的心灵濡染、个性开启的基本方式，为学子们提高自我的感受能力、亲历艺术家的意义，提供一个较少拘束、持续发展的平台。回返早期学院"同游"的状态，还在于尽可能避免实践类技艺传授中的"风格"定势，使学生在今古人文的理论与实践的研究中，广采博集，发挥艺术的独特心灵智性的作用，改变简单意义上的一味颠覆的草莽形象，建造学院的真正的精英性。

随着经济外向度的不断提高，多种文化互相交叠、互相揳入，我们进入一个前所未有的跨文化的环境。在这样的跨文化境域中，中国文化主体精神的重建和深化尤为重要。这种主体精神不是近代历史上"中西之辩"中的那个"中"。它不是一个简单的地域概念，既包含了中国文化的根源性因素，也包含了近现代史上不断融入中国的世界优秀文化；它也不是一个简单的时间概念，既包含了悠远而伟大的传统，也包含了在社会生活中生生不息地涌现着的文化现实；它亦不是简单的整体论意义上的价值观念，不是那些所谓表意的、线性东方符号式的东西。它是中国人创生新事物之时在根蒂处的智性品质，是那种直面现实、激活历史的创生力量。那么这种根源性在哪里？我想首先在中国文化的典籍之中。我们强调对文化经典的深度阅读，强调对美术原典的深度阅读。潘天寿先生一代在 20 世纪 50 年代建立起来的临摹课，正是这样一种有益的原典阅读。我原也不理解这种临摹的方法，直至今日，才慢慢嚼出其中的深义。这种临摹课不仅有利于中国画系的教学，还应当在一定程度上用于更广泛的基础课程。中国文化的根性隐在经典之中，深度阅读经典正是意味着这种根性并不简单而现成地"在"经典之中，而且还在我们当代人对经典的体验与洞察，以及这种洞察与深隐其中的根性相互开启和砥砺的那种情态之中。中国文化主体精神的缺失，并不能简单地归因于经典的失落，而是我们对经典缺少那种充满自信和自省的洞察。

学院的通境不仅仅在于通识基础的课程模式设置。这一基础设置涵盖本民族的经典文明与世界性的经典文明，并以原典导读和通史了解相结合的方式来继承中国的"经史传统"，建构起"自我文化模式"的自觉意识。学院的通境也不仅仅在于学院内部学科专业之间通过一定的结构模式，形成一种环环相扣的链状关系，让学生对于这个结构本身有感觉，由此体味艺术创造与艺术个性之间某些基本的问题，心存一种"格"的意念，抛却先在的定见，在自己所应该"在"的地方来充实而完满地呈现自己。学院的通境也不仅仅在于特色化校园建造和校园山水的濡染。今天，在自然离我们远去的时代，校园山水的意义，是在坚硬致密的学科见识中，在建筑物内的漫游生活中，不断地回望青山，我们在那里朝朝暮暮地与生活的自然会面。学子们正是在这样的远望和自照之中，随师友同游，不断感悟到一个远方的"自己"。学院的通境更在于消解学院的樊篱，尽可能让"家园"与"江湖"相通，让理论与实践相通，让学院内外的艺术思考努力相通。学院的精英性绝不是家园的贵族化，而是某种学术谱系的精神特性。这种特性有所为有所不为，但并不禁锢。她常常从生活中，从艺术种种的实验形态中吸取养料。她始终支持和赞助具有独立眼光和见解的艺术研究，支持和赞助向未知领域拓展的勇气和努力。她甚至应当拥有一种让艺术的最新思考尽早在教学中得以传播的体制。她本质上是面向大众、面向民间的，但她也始终不渝地背负一种自我铸造的要求，一种精英的责任。

在学院八十周年庆典到来之际，我们将近年来学院各学科的部分博士论文收集起来，编辑了这套书，题为"南山博文"。丛书中有获得全国优秀博士论文荣誉的论文，有我院率先进行的实践类理论研究博士的论文。论文所涉及的内容范围很广，有历史原典的研究，有方法论的探讨，有文化比较的课题。这套书中满含青年艺术家的努力，凝聚导师辅导的心血，更凸显了一个中国学院塑造自我精英性的决心和独特悠长的精神气息。

谨以此文献给"南山博文"首批丛书的出版，并愿学院诸子：心怀人文志，同游天地间。

许 江

2008 年 3 月 8 日

于北京新大都宾馆

目 录

引言
乔治·佩雷克，日常生活的大师？

日常生活所涵盖的内容中，包括很多被我们认为微不足道、司空见惯的事物：一个开门的动作，一件家里的摆设，街道上行驶的汽车，饭桌上的菜肴和碗碟，睡眠时的梦境，某一刻不经意间冒出的回忆。大多数人眼里它们琐碎、平凡，不断重复，但是在诸如亨利·列斐伏尔（Henri Lefebver）等关注日常生活经验与批判的思想者看来，"自由、愉悦和多样性存在于最普遍的日常环境中"。[1]

日常生活也是个变动的概念，总是体现出时间、空间与个体性的差异，是列斐伏尔所说的不断产生矛盾又不断解决矛盾的过程和瞬间。罗兰·巴特（Roland Barthes）在 20 世纪 50 年代拆解了脱衣舞、牛排、嘉宝的脸蛋等日常生活的"神话"。到了 2004 年——《神话集》出版 50 年后，人们又补充了"今天的神话"：哈利波特、DIY、温室效应、真人秀，等等。[2] 新鲜名词的出现不仅仅是简单的现实变迁，更是日常生活及其话语关系发生了结构性变化的表征。因此，虽然距离巴特、列斐伏尔等人掀起关于日常生活的讨论的时代，已过去了几十年，但关于日常生活的话题不仅并未陈旧，而且仍在被继续讨论，被放入已经变化的结构和论述框架中考察。

各种研究和实践领域对日常生活话题的关注在升温。在当代艺术领域，艺术家在谈论艺术概念和自身创作的时候，经常把"日常生活"几个字挂在嘴边。在展览上，日常物品（现成品）的堆砌、记录生活状态的影像、将一个生活场景搬演至美术馆或画廊的空间，这些几乎成为当代艺术创作的惯用手法。

将日常生活放进充满机制化和意识形态倾向的展厅，是在用微小揭示出社会现实总体性的宏大吗？还是，为了摆出"后现代"的姿态对抗宏大论述，以个人或小团体的形象宣称自己不被媒体文化和体制规训所同化？抑或是，这些手法恰恰将日常生活剥离、孤立、标本化、神圣化了？这些艺术创作"策略"似乎只是在机巧地利用日常生活这个说法和它为创作提供的便利素材，更容易成为当代艺术操作中对机会主义的自我辩护，或者让灵动的日常在当代艺术景观中沦为僵化、现成的庸常。这些现象实则透露出对于真正注意、发现、描述、甚至重新创造日常生活的谦卑与诚意的缺乏。

当我们用居伊·德波写于20世纪60年代的《景观社会》对照今天的现实，会发现资本主义对人的"异化"有增无减，景观对人的宰制愈演愈烈；也正因此，日常生活也在遭遇更大的危机，也更应该成为个体实践的突破口，而不只是沦为口号或展示。正因为日常容易被忽略，容易流逝，总是在变动中，才更需要用实践手段去理解和把握。对日常的实践，除了需要理论上的工具，还需要有耐性和具有洞察力的眼睛，更需要有如米歇尔·德·塞托（Michel de Certeau）所说的策略和战术。在此意义上，法国作家乔治·佩雷克二十余年的创作实践或许能提供一个有效的参照样本。本书希望从前人的实践中引发人们对当下问题的重新思考，在新的、仍旧在变动的现实中重新定义我们的日常，发明日常生活的实践。

乔治·佩雷克其人

我喜欢：公园，花园，方格纸，自来水笔，新鲜的面点，夏尔丹，爵士乐，火车，提琴，罗勒，巴黎散步，英格兰，苏格兰，湖，岛，猫，去籽去皮的西红柿沙拉，拼图，美国电影，克利，凡尔纳，打字机，正交形式，维希矿泉水，伏特加，当归植物，吸墨水纸……

我不喜欢：蔬菜，手表，博格曼，卡拉扬，尼龙，"刻奇"，斯拉维克，太阳镜，运动，滑雪场，汽车，胡子，香榭丽舍，广播，报纸，音乐厅，马戏，让－皮埃尔·梅尔维尔……

——乔治·佩雷克[3]

英国学者、牛津大学法国文学教授麦克·谢林汉姆（Michael Sheringham）在其关于日常生活理论的专著《日常生活——超现实主义至今的理论与实践》（*Everyday life: Theories and practices from surrealism to the present*）⁴中，以乔治·佩雷克写于 1981 年的一篇文章⁵作为开篇引入主题。在谢林汉姆看来，这个年份正意味着 20 世纪 80 年代，一个"关于日常生活重要性"⁶的思考转变时代的到来，从这时候起，"对日常生活（le quotidien）的研究和探索，通过一系列的媒介和样式，在法国及其他地方取得了日益显著的进展"。⁷对在 20 世纪法国文化中占据重要位置的日常生活理论和实践的追溯，作者主要围绕他心目中的四位日常生活大师展开，乔治·佩雷克（Georges Perec）与列斐伏尔、罗兰·巴特、米歇尔·德·塞托共同名列其中。

乔治·佩雷克以作家身份为中国读者所知，主要是通过两本已经译介到中国的小说：《物》（*Les Choses*）和《人生拼图版》，⁸尽管中文世界对佩雷克的译介日益丰富，对这位写作实践者作一番简短介绍似乎仍有必要。

乔治·佩雷克，1936 年 3 月出生于巴黎，父母是波兰犹太移民，父亲于 1940 年死于二战前线，母亲 1943 年亡于纳粹的集中营。1942 年秋至二战结束期间，佩雷克随父母住在维拉尔德朗（Villard-de-Lans），1945 年被姑母收养后回到巴黎并在巴黎完成学业。服完兵役（1958—1959）后，他曾做社会心理学调查维持生计，随后前往突尼斯生活了一年多。1962 年回到巴黎后，他成为法国科学研究中心（CNRS）神经生理学的资料员，一直到 1979 年，他的主要收入来源都靠这份工作。在他的《人生拼图版》（发表于 1978 年）取得巨大成功后，佩雷克才决定做个"全职"作家。佩雷克的传记作者大卫·贝罗斯（David Bellos）将其一生概括为"词语中的一生"（Une vie dans les mots），⁹是对其笔耕不辍的写作生涯的概括与致敬。纵观佩雷克的实践，他的一生或许也可被讲述为"写作的一生"，写作之于他不仅是让词语在笔下焕发魔力与魅力，更是日复一日的劳动和练习，不仅包括案头的伏身，更有躬亲的行走和社会性的行动，他用这样的一生赋予写作即时的、行动的、立体的意义。

佩雷克很早就开始尝试文学创作，他在 1967 年的演讲中表示："1953 年，我十七岁……我从那时候开始写一部小说，却从来没有写完，我后来又继续写，终于在 1958 年完成了，但从没出版过"。¹⁰从 1955 年开始，他就为《新法兰西评论》（*Nouvelle N.R.F.*）杂志供稿，为《新文学》（*Les Lettres nouvelles*）杂志撰写评论。自 1960 年起，他发表了数篇关于文学的批评文章，主要发表在《拥护者》（*Partisans*）杂志上。但佩雷克的成名是 1965 年的事了，他发表了《物》并获得了勒诺多文学奖（le prix Renaudot）。直到 1982 年去世，在二十几年的创作生涯中，佩雷克创作了数量可观的作品，在他去世后，未发表的作品还在陆续出版。而他真正的处女作《佣兵队长》（*Le Condottière*）直到 2012 年才首次出版。

在佩雷克开始提笔创作的 50 年代，以巴尔扎克和狄更斯为代表的现实主义小说已经不再被推崇，虽然 19 世纪的现实主义小说也细致描写日常生活（"自然主义"甚至有细致到了过分的嫌疑），但是在这些小说中，对日常生活场景的描摹服务于讲故事所需的外在于生活现实的世界，从而出现了一种脱离生活的意义。这些正是本雅明所反对的讲故事的小说，也是罗兰·巴特所说的以被构造的世界为前提、"摆脱了生存的不稳定性"，[11] 作为一种秩序的表现的简单过去时小说。

当时法国文坛的主要位置还由萨特统领的介入文学占据，此时"新小说"（Nouveau Roman）势头开始高涨，其领军式人物阿兰·罗伯-格里耶（Alain Robbe-Grillet）高举起反巴尔扎克式现实主义的大旗："今日艺术向读者和观众建议的，是一种在现在的世界中的生活方式，是对明天世界的永恒创造的参加方式。"[12] 新小说作家群体与佩雷克在创造新的文学样式上的出发点是相同的，那就是认定介入小说的失败和对传统小说的拒绝。但是对于"新小说"作品，尤其是罗伯-格里耶所采用的写作方式，佩雷克并不完全认同，他认为罗伯-格里耶的创作并非现实主义，甚至多次毫不保留地在访谈中批评罗伯-格里耶，指责"新小说"抛弃了所有"现实主义"描写，将世界去主体化了；新小说的信徒们过度醉心于世界的复杂、时间与空间的割裂、整个人类心理学的消解。在佩雷克看来，他们"淹没于非理性，只擦过事物空虚的表面。世界变得无法深入，无法转变"。[13] 在同一时期的法国，还活跃着另一个重要文学流派，以菲利普·索莱尔斯（Philippe Sollers）及其所创办的杂志为代表的"原样派"（Tel Quel）力图探索一种"文学的科学"，在佩雷克看来，却更多地"将心思花在精神分析或者说一种精神分析式的探索上"。[14] 佩雷克认为这些文学都不曾真正描绘现实，他认为现实是潜藏在人们日常所见之物之下的，这种现实观也就是谢林汉姆所概括的佩雷克创作的核心议题："将日常生活从忽视和遗忘中拯救出来。"[15]

日常生活

正如谢林汉姆所言，日常生活是佩雷克在创作中关注的核心问题，也是其现实主义观的核心。日常生活的议题几乎贯穿整个 20 世纪法国的艺术、文学、哲学，它甚至是根植在法国文化与知识历史中的一种传统。正如作者在第一章引用的布朗肖

（Maurice Blanchot）的话："日常逃逸"，它"没有主体也没有客体"，它是"最难以发现的"。[16] 这种不确定性是日常的本质，更是一种运动，一种经验，无法被分类，也逃开了历史大叙述。然而正如布朗肖赞美马路上那些散漫无序之人，认为他们拥有神秘的摧毁力一样，不确定的日常蕴藏着无尽的可能性，蕴藏着推翻日常生活既定秩序的潜在激进力量。

从 20 世纪之初的达达、超现实主义等先锋派所尝试的各类日常生活实践，到二战后随着消费社会的全面到来，日常生活被吞噬、被异化，更多人发现了日常生活既面临着危险，也意味着机会，日常越来越多地被理论化地论述，成为文学、电影、摄影等各种艺术形式所讨论的话题；再到 20 世纪 80 年代，对日常的各种媒介与类型的研究和挖掘开始在法国及各地形成一片热潮。[17] 从布勒东的激情诗篇到安妮·艾尔诺（Annie Ernaux）的自传色彩浓厚的小说（如《悠悠岁月》[Les années, 2008]），从列斐伏尔与情境主义国际的革命呼声到德·塞托所研究的"日常生活的发明"，从维尔托夫用电影自动播放的日常景象到戈达尔（Jean-Luc Godard）的电影（例如《我所知道的她的二三事》[2 ou 3 choses que je sais d'elle, 1967]）中所反映的消费社会，还有在摄影、纪录片等领域从未间断的诸多尝试；日常生活，尤其在整个 20 世纪里，一直被充满好奇心与行动力的实践者们用各种方式和角度观看、挖掘着并尝试着打破与重塑。

超现实主义者们激情地寻找"真正的生活"，提倡走上街头，遭遇偶然，到人群中去。用谢林汉姆的话说，"超现实主义者的实践一开始既非文学的，也非政治的，而是作用于日常的：街道、咖啡馆、发廊；作用于话语、欲望与偶然。"[18] 他们挖掘日常生活中的诗意元素，将废报纸、瓶盖、碎布头等废旧物品拼贴在一起，"这种粘贴画的目标是要把人类从过去为生存而忧虑的噩梦中解脱出来，是在诠释马克思，并生发出一种创造有关文化的强烈渴望，而这种文化将郑重地把日常生活看作人类梦想、希望、欲望的基地。"[19] 他们发明各种游戏，比如自动写作、"绝妙的僵尸"，使日常生活世界以陌生于其理性面目的样子呈现出来；他们将摄影作为揭露欲望的无意识、对抗现实之狭隘的方法，在图像中寻找本雅明所说的偶然的小火花，为日常生活打开意料之外的空间。

1947 年，曾参加过超现实主义团体的法国思想家亨利·列斐伏尔发出了他的"日常生活批判"。这位深受马克思著作影响的哲学家，正是从马克思的"异化"论出发，发出了他的批判。他进一步指出现代社会中人的异化，人类的存在被工作、甚至被作为工作之延伸的休闲娱乐所剥夺。他反对对人类活动进行区分，倡导全面的人，因而日常成为思考和改变的空间——在他看来，人的个体与人的关系总体都是在日常生活中形成并延续的。列斐伏尔的《日常生活批判》第二卷于 1960 年代出版，同一时期，他发起了以"日常生活"研究为核心议题的定期研讨会。如果说列斐伏尔在《日常生活批判》第一卷中的分析还是抽象的哲学分析，到了第二卷，列斐伏尔的分析不再停留于哲学思辨，而是力图对日常生活进行历史与社会学分析，探索现代社会背景下社会生活的结构、都市革命的意义、共产主义的革命实践等。

列斐伏尔的著作让欧洲的一群先锋青年激动不已，居伊·德波（Guy Debord）及其所领导的团体"情境主义国际"（Situationist International，1957—1972）在其中显得格外突出。"情境主义国际"的成员同时继承了超现实主义者的遗产，从 1950 年代末开始，他们进行了一系列作用于日常生活的城市实验——如"漂移""心灵地图"（城市环境对个体造成的心理影响）。情境主义者主张用城市中的行走漂移抵制被规训的空间、撼动日常生活；用欲望对抗消费主义；让日常揭示异化，变成创造和抵抗的力量；用自发性和游戏行为开启人的全面生活，发现德波所说的颠覆日常环境的具体技术——他们的著名宣言便是：日常生活是一切的度量。1967 年，德波的著作《景观社会》（Société du spectacle）发表，他指出商品逻辑对日常的殖民，整个社会异化为资本主义"景观"，而日常生活不复存在："在现代生产条件无所不在的社会，生活本身展现为景观的庞大堆聚。直接存在的一切全部转化为一个表象。"[20]1968 年发生了著名的"五月风暴"，年轻的学生走上街头，他们占领大楼，筑起街垒，展开巷战。年轻人对现状的不满、对消费社会的批判、对革命的渴望在这一运动中全面爆发。

同一时期，已经出版了《神话集》的罗兰·巴特也开始了关于现代社会符号意指的研讨班。《神话集》是对战后由符号一统的消费社会的嘲弄与批评，也是对日常生活被符号所宰制的分析与警示，它在一定程度上可以被看成列斐伏尔的日常生活批判在另一个维度的展开。这位作家的写作动机之一，便是对细节、平庸、无意义和拜物的兴趣，也就是对日常的兴趣和由此而生的质疑："我讨厌目睹自然和历史在每个环节中混淆视听，我要一路追踪，在每一件'想当然耳'的情节之中，锁定意识形态的滥用，而它们在我的眼里，正潜伏在某个角落。"[21]1967 年，巴特又出版了《流行体系》（Système de la mode）一书，以流行服装杂志为研究材料，将其看成一种书写语言符号，进而揭示时尚与日常生活之间的联系，"反映出他对日常生活的终身兴趣"。[22] 巴特用他的符号学方法一再向我们指出，日常中潜藏有悖论性的解放力量；我们通过对感知经验的培养，能够实现生存形态的转换。

佩雷克的实践历程

佩雷克不仅是那个时代的亲历者，而且正是在这样的背景下，他开始参加罗兰·巴特关于修辞的研讨班，也开始了与列斐伏尔等人的交往。1958 年佩雷克结识了列斐伏尔，随后经常与其碰头并长聊，参加左派的讨论，甚至曾计划与一群志同道合的朋友创办一本左派革命杂志《总路线》（*La Ligne générale*）。1960 年，佩雷克成为列斐伏尔"日常生活研究小组"的田野调查员，并曾为《日常生活批判》第二卷的写作提交过自己的研究报告。[23] 佩雷克曾在访谈中表示，那个时期，他"认为写作的主要功能就是为革命做准备"。[24] 虽然《总路线》的计划最终不了了之，但是列斐伏尔的思想影响了佩雷克正式发表的第一部小说《物》的创作，也一直延续在佩雷克针对日常生活、空间、次普通（infra-ordinaire）等概念的探索当中。佩雷克曾一笔带过地提到他在 68 运动时的参与情况："为了写《消失》……我每天写作八个小时，每小时写六行。这个节奏只有在参加 68 五月运动时中断了。"[25] 正如《物》的主人公们，佩雷克的"中断"是一种从众的行为，不能说明他具有激烈、彻底的革命热情，杂志的流产也是一个反证；另一方面，他并非盲目，他有着自己的反思："我在 1968 年五月时所处的世界非常不合适、不完满。对世界的激烈拒绝很可惜有着天真的一面……也有着'庆祝反消费'的倾向，这太不正常了，好像这样做就一切都解决了。"[26] 革命的暴风雨过后，生活似乎回归平静，一些人销声匿迹，日常生活却仍在延续；情境主义国际渐渐撤回理论分析和论述，甚至被简化为激烈、热情的"革命理论家"；佩雷克仍用个人的、以文字表达为载体的微观实践，探索城市中日常生活的种种可能，破除神话，将日常生活"从忽视和遗忘中拯救出来"。20 世纪 70 年代，他的一系列实践（创办《共同事业》杂志、多项以年为时间单位的写作计划等）正是用自己的方式持续进行着日常生活的实践与革命。从列斐伏尔和巴特那里继承来的，他以自己的文学实践加以利用和转化。

佩雷克正是米歇尔·德·塞托所赞赏的那种发明者。后者在《日常生活的发明》（*L'invention du quotidien*，1980）中发展了一种新思路：他观察消费者——他们远非被动和被操纵的，他们表现出与消费对象的距离，因而德·塞托主张逃开社会决定论，进行微观抵抗，创造自由空间，他提出诡计（ruse）和战术（tactile）的机制，以此在规训、控制机器中进行个人的颠覆性介入。行走、话语、阅读都可以走出被动，走向日常的创造性。佩雷克则吸收了列斐伏尔和巴特的思想，试图建立一种"当代人的人类学"，这种人类学并非由理论承载，却突出表现为他所发明的文学形式，既是文本对日常生活的介入，也是对日常生活的文本式体验；他的文学实践结合了不同的类型、话语和实践元素：社会学调查、创造性虚构、自传式介入以及形式游戏等。

贯穿佩雷克后半生的另一个实践方向，就是他作为"潜在文学工场"（Ouvroir de litterature potentielle，后文将采用其简称Oulipo）成员的文学实验。"Oulipo"（中文世界称之为"乌力波"）由雷蒙·格诺（Raymond Queneau）与弗朗索瓦·勒·利奥奈（Frarsois Le Lionnais）发起，创立于1960年，当时的参加者包括十位来自文学、科学等领域的写作爱好者。这个团体致力于将数学的方式运用到文学创作中去，从以往的文本中归纳总结可以加以运用、生成无限文本的"公式"，同时发明"限制规则"和各种创造新文本的结构，提供文本的生成"模板"——找到文学生产的潜在性。佩雷克于1967年加入Oulipo，在这个团体中进行过各种在"限制规则"下的文体实验，小说《消失》（*La Disparition*，1969）成为他加入这个团体后的代表作，这本通篇不出现字母 e 的小说成为日后人们提起Oulipo时必然列举的典型作品。如果说日常生活为佩雷克的创作提供材料，那么在 Oulipo 的集体活动和创作观念的影响下尝试各种限制规则下的写作实验，则为他提供了将材料加工成文本作品的有效方法，对于写作和阅读都具有创新性的意义。

佩雷克曾将自己的文学实践分为四个类别：

> 我毋宁将自己比作种植好几块地的农民；一块地里是甜菜，另一块地里是苜蓿，第三块地里是玉米，诸如此类。同样，我写的书涉及四块不同的地，四种不同的提问方式，或许它们提出的是同一个问题，它们的提出依据各种独特的视角，在我看来每一次都呼应着另一种文学工作的类型。

第一类提问可以被描述为"社会学"的，也就是如何看待日常生活；它最初体现在例如《物》《空间种种》《描写巴黎几个地点的尝试》这些文本中，后来体现在我与让·杜维那和保罗·维利里奥（Paul Virilio）所领导的《共同事业》团队一起完成的工作中；第二类属于自传范畴：《W 或童年的记忆》《暗铺》《我记得》《我睡觉的地方》等；第三类，游戏的（ludique），这是出于我对于限制、技艺、"范畴"（gammes）的兴趣，以及Oulipo 的各种探索工作给我带来的思考和方法：回文、避字、短句、字谜、等值线、藏头诗、填字游戏，等等；最后，第四类，是关于故事性（romanesque）的，出于我对故事、曲折情节的兴趣，写出让人躺在床上一口气读完的书的愿望，《生活使用说明》是典型一例。[27]

对于这样的分类，作者本人也知道过于粗糙："这种划分多少有点武断，可以更为细致：几乎我的每一本书都不可能完全逃脱自传体的标记（比如在进行中的一章插入对某一当天事件的指涉）；或许我写每本书都不可能不借助于这样或那样的限制规则或 Oulipo 式结构"，[28] 而且这位作家的野心更是超越了这四条地平线："我作为作家的野心是试遍我这个时代所有的文学，永不感觉重蹈覆辙，写尽一个今日之人所能写出的一切"。[29] 因此，虽然佩雷克热衷于"分类"，但是真要对他的作品进行分类，却是相当困难甚至是不可能的。因为佩雷克的创作，是在"日常生活"的现实主义观念下，将自身生活经验作为"被实践的地点"（德·塞托），借助 Oulipo 式的游戏形式对材料进行加工处理。对他来说日常是不尽的素材源泉（《物》《人生拼图版》），是观察实践的对象（《尝试穷尽巴黎的某处》），是构成记忆的材料（《W 或童年的记忆》《我记得》），是虚构的基础，更是孕育潜在性的"母体"。

对佩雷克的研究

迄今为止，全世界范围对佩雷克的研究已经多不胜数，但学界对佩雷克创作中的"日常性"维度的关注是比较晚近的事了。除了迈克·谢林汉姆把佩雷克放在日常生活论述的大师地位看待，并指出他的实践在新世纪各种媒介形式的实践中仍在不断被"引用"以外：德里克·席林（Derek G.Schilling）在他的博士论文《日常的记忆：佩雷克的地点》（*Mémoire du quotidien: Les lieux de Perec*）[30] 中，提出"记忆地点"（lieu de mémoire）与"共同地点"（lieu commun），他分析了佩雷克关于自我的系列性描述，认为佩雷克的写作明显不同于更传统的注重分享生活的自传，他对日常生活的描写提供了一种潜在的集体记忆，也提供了一种集体性，对这种集体性的认同在于从那些地点——无论是在真实的城市空间中的，还是在话语中的——没完没了的经过。萨姆·迪奥里奥（Sam DiIorio）在论文《日常光学：法国日常的再现，1945—2000》（*Everyday optics: Representations of the French quotidian*，*1945—2000*）[31] 中提出，对日常发起讨论是由于日常总是处在特殊的社会时刻，日常的改变总是由提起日常的人带来的。在这个意义上，日常并不存在，它总是被创造出来的。作者在第一章便检验了亨利·列斐伏尔在《日常生活批判》和佩雷克在《睡觉的人》中对日常理论和实践之间关系的关注。克里斯蒂尔·雷吉亚尼（Christelle Reggiani）则在《永恒与瞬间，乔治·佩雷克作品中的时间性》（*L'Eternel et l'éphémère. Temporalités dans l'œuvre de Georges Perec*）[32] 一书中总结了佩雷克独特的方法，指出其作品总是同时结合了微小与宏大，结合了日常、平凡与历史中最为震撼的事件。

正如前文所说，佩雷克一生所尝试的实践类型丰富，而且"从不会写两部相同的作品"，因此要对他的创作做一个清晰的划分是非常困难的。法国著名传记学者菲利普·勒热内（Philippe Lejeune）在《回忆与倾斜，自传作者乔治·佩雷克》（*La mémoire et l'oblique. Georges Perec autobiographe*）[33] 中，将佩雷克的写作历程大致分为三个阶段，我国学者龚觅在其研究专著《佩雷克研究》中，也采纳了这一分期方式：第一阶段是以《物》为代表的"现实主义"时期；第二阶段从 1967 年发表《睡觉的人》开始，到 1975 年《W 或童年的记忆》的完成，这一阶段有更浓厚的自传体色彩；第三阶段从 1970 年代中期开始，"他卸下了自传写作的重负，小说再次成为创作的中心"[34]，代表之作当属《人生拼图版》。

本文并不完全同意这样的分期方式，或者说本文更倾向于将佩雷克的创作分为有所重合又各有侧重的四个部分：首先，《物》当然代表了佩雷克的创作初期，以这本小说为核心，他梳理并表达了他对现实主义的理解，奠定了所谓的"社会学小说"的基础并摸索出一种得心应手的创作方法，这是一个提纲挈领的部分；第二，在 1967 年加入 Oulipo 后，佩雷克写作中的"游戏"维度愈发明显；第三，从 70 年代开始，佩雷克进行了几项历时较长的、以具体日常生活事物为关注点的实践项目，包括与友人创办杂志《共同事业》、他个人的"地点"计划等，也是在这一时期他创作了典型的自传类作品，可以说这是一个全面的"日常生活实践"时期；最后，1978 年发表的《人生拼图版》可以被视为佩雷克创作的里程碑，是二十年实践的综合报告。这部人物众多的"拼图"式小说，将他自己所说的"四个类型"融会贯通在了一起，成为后世传颂的经典，而紧随此后的《艺术爱好者的收藏室》（*Un cabinet d'amateur*）则是《人生拼图版》的续写。

在文学领域，佩雷克的贡献与启示似乎已经得到公认，但是他的创造性并非仅仅局限于文学领域，尤其是在他所写作的年代，理论的热潮激发了各领域的创造热情，涉及不同角度、不同媒介和形式的探索和创造，包括"当代艺术"与文学之间的互相呼应、互相渗透，共同参考塑造了一个时代的文化面貌。如果说佩雷克的实践在当时呼应了他同时代的人，那么在今天的创造性活动中，他留下的遗产又发挥着哪些启发性和有效性？

"要找到佩雷克对日常生活的理论和实践贡献的核心，我想我们必须回到他发明的那些计划和实现这些计划的精神上来"，[35] 本文正是这样一种尝试的努力。

注释

1. 吴宁：《日常生活批判——列斐伏尔哲学思想研究》，北京：人民出版社，2007 年，第 174 页。

2. 参看法国《新观察家》（*Le Nouvel Observateur*）纪念罗兰·巴特《神话集》首版 50 周年的专题副刊。*Le Nouvel Observateur* hors-serie no.55 (july-august 2004).

3. Georges Perec, J'aime, j'aime pas, *L'Arc*（76）1979, pp.38-39.

4. Micheal Sheringham, *Everyday life: Theories and practices from surrealism to the present*, Oxford: Oxford University Press, 2006.

5. 该文是佩雷克为展览"为了居住而建设"（Construire pour habiter）同名画册的"居住"（Habiter）单元所写的。

6. Micheal Sheringham, *op.cit.*, p.2.

7. ibid.p3.

8. 《人生拼图版》的法文标题为"La Vie mode d'emploi"，意为"人生使用说明"，而"人生拼图版"是安徽文艺出版社 1999 年出版的中文版译名，大概是根据佩雷克提出的"拼图"意象而另拟标题，为了行文的方便，本文采用该版本的译法。

9. 英国学者 David Bellos 所著的《乔治·佩雷克，词语的一生》（*George Perec, Une vie dans les mots*, Editions du Seuil, 1994），是迄今为止出版的唯一一部详细的佩雷克传记。

10. Georges Perec, *Entretiens et conférences*, Vol. 1.1965-1978. Dominique Bertelli, Mireille Ribière, Nantes: Joseph K, 2003. p.78.

11. 罗兰·巴特：《写作的零度》，李幼蒸译，北京：中国人民大学出版社，2008 年，第 21 页。

12. 阿兰-罗伯-格里耶：《为了一种新小说》，余中先译，长沙：湖南文艺出版社，2011 年，第 196 页。

13. Wuillème Tanguy, "Perec et Lukàcs: quelle littérature pour de sombres temps?", *Mouvements*, 2004/3 no.33-34, pp.178-185.

14. George Perec, *Entretiens et conférences*, Vol. 1.1965-1978. *op.cit.*,p.85.

15. Micheal Sheringham, *op.cit.*, pp.1-2.

16. Maurice Blanchot, *L'Entretien infini* (Paris, Gallimard, 1969), 转引自 Micheal Sheringham, *Everyday life: Theories and practices from surrealism to the present*, p.16.

17. Micheal Sheringham, *Everyday life: Theories and practices from surrealism to the present*,

op.cit., p.11.

18. ibid. p.67.

19. Mieheal Gardiner, *Critique of Everyday Life*, London: Routledge, 2000, p.30.

20. 居伊·德波：《景观社会》，王昭风译，南京：南京大学出版社，2006 年，第 3 页。

21. 罗兰·巴特：《神话——大众文化诠释》，许蔷蔷、许绮玲译，上海：上海人民出版社，1999 年，初版序第 1 页。

22. Micheal Sheringham, *op.cit.*, 2006. p.183.

23. David Bellos, George Perec, Une vie dans les mots, Editions du Seuil, 1994, p.236.

24. George Perec, *Entretiens et conférences*, Vol.1., op. cit., p.109.

25. ibdi. p.187.

26. ibid. p.109.

27. Georges Perec, *Penser/classer*, Seuil, 2003, pp.9-11.

28. ibid. pp.10-11.

29. ibid. p.11.

30. Derek G Schilling, *Mémoire du quotidien: Les lieux de Perec*, Presses Universitaires du Septentrion, 2006.

31. Sam DiIorio, *Everyday optics: Representations of the French quotidian*, 1945-2000, University of Pennsylvania, 2003.

32. Christelle Reggiani, *L'Eternel et l'éphémère. Temporalités dans l'oeuvre de Georges Perec*, Rodopi, coll.“Faux titre”, 2010.

33. Philippe Lejeune, La mémoire et l'oblique-Georges Perec autobiographe, P.O.L, 1991.

34. 龚觅：《佩雷克研究》，上海：上海外语教育出版社，2008 年，第 54 页。

35. Micheal Sheringham, *op.cit.*, p.291.

第一章
《物》，一部现实主义小说

然而这从未成为文学的主题，还没有一部小说、一部叙事作品展示过生活在这种社会内部、处于市场压力之下的人物形象。我的书就是为此而写成的。

——乔治·佩雷克[1]

《物》是佩雷克正式发表的第一部长篇作品。1965 年，年仅 29 岁的乔治·佩雷克凭该小说获得勒诺多文学奖，一举成名。这本小说几乎没有什么故事性可言，叙事的展开围绕着两个面目模糊的主人公（一对情侣，热罗姆与西尔维）展开。他们是巴黎万千年轻人之中的两个，迷恋奢华、精致、怀旧的物品，却不愿勤劳致富，靠着做社会调查问卷的收入维持不算贫穷，但远没有他们所渴望的那么富足的生活；咖啡、电影填满了他们工作之外的时间。文中没有对人物外貌做过任何描绘，反而将大量笔墨用于列举各种物品的名字，营造出鲍德里亚所说的物的丰盛及其"最基本的而意义最为深刻的形式"——堆积；[2] 甚至小说一开篇出现的就是物："化纤地毯""浅色木料打成的壁橱""皮质的帷幔"——作者所谓的物品的"全景侧写"（panoramique latéral）[3]。全书也谈不上有任何戏剧性的情节转折，勉强能算作情节跳转的就是作者按照主人公的行踪划分的三个部分：巴黎生活——突尼斯生活——回到巴黎。

小说发表后，公众和批评界很快一致认为这部作品是刚形成不久的所谓"消费社会"的忠实缩影。报刊称："乔治·佩雷克，30 岁的年轻小说家，写了一部最为残酷地揭露我们这个游手好闲的时代的书"[4]，而小说的副标题，正是"六十年代纪事"。《物》也很快被冠以"社会学"小说之名："有趣的社会学证据而非文学创作。"[5]《物》是对消费社会的残酷揭露吗？是一本社会学小说吗？在 19 世纪的批判现实主义风潮早已过去之后，佩雷克作为"当代人"如何思考自身的处境，又怎样定义这个时代的现实主义？

佩雷克的现实主义观

1967 年，佩雷克在英国沃里克大学（University of Warwick）的演讲中说到，在自己开始写作时的 1953 年，"'写作'（écriture）这个词在法语里还不存在。以前有小说家，没有写作。写作的问题还没被提出来。提出来的问题是内容的问题、意识形态的问题"，而"介入文学几乎是 1953 年间唯一存在的文学"。[6] 经历了两次世界大战后，法国又经历了阿尔及利亚战争（1954—1962），在此期间还发生了第四共和国（1946—1958）到第五共和国（1958 年至今）的更替，战争与政治的动荡对二战后成长起来的法国年轻一代产生了深远影响。这样的政治局面，也使以萨特为代表的"介入文学"在 50 年代仍保持着主导地位，萨特提出"写作既是揭示世界又是把世界当做任务提供给读者的豪情"；[7] 作家"肩负着一种使命：给予自己的时代一种意义，促进必要的改变。社会介入达到了绝对必要的程度……萨特断言，作家的每一篇散文，甚至小说，都是'功利主义'的，每一篇散文都是一种表态。语言就是'上膛的子弹'……"。[8] 佩雷克一方面觉得自己最初的文学计划比较接近介入文学——因为他想做一名现实主义作家，[9] 而萨特肯定"作家处在自己时代的情境之中"；[10] 另一方面，他对介入文学感到不满，他对萨特的指责是，在萨特那里不存在"写作"，而只是提出了与意识形态密切相关的内容问题，萨特虽然英勇而愤怒地直面时代现实的沉重，揭露人文与道德的崩坏，并且提倡作家都应有如此的觉悟，却没能抓住世界的全部现实，更没有真正描绘出现实，而只是向读者灌输一种价值取向："这种萨特文学是一种试图向读者传递某些感受的文学。这些感受通常是由一个人物承载的，他基本上是个对自己做的事非常有意识的人"，[11]"没有什么比这种作家与读者之间的直接交流（不再有叙述者）更让人沮丧的了"。[12] 因此佩雷克承认，在萨特那里他没有找到自己要走的路。

早在《物》发表前的 1962 年，佩雷克在杂志《拥护者》上发表了《为了一种现实主义文学》一文，表达了一种激进的文学态度："社会正在走向坠落。"[13] 在此类背景下：

　　现实主义首先是掌握真实并理解和解释真实的意愿。正因如此，它反对所有认为写作是与世界无必要联系的活动之人，比如那些认为写作就是跟自己对话的人，那些附着于诗意现实的人，那些优美语言的爱好者和自我精神分析的拥护者。不过，我们可能还是错误地相信，现实主义的达成只能依靠历史的、政治的、社会的集体性事件的召唤。文学首先是个人活动，它首先是对个人经历的报告，而写作，写作是为了认识自己和理解自己。但是，因为特殊情况只依据一般情况出现，而一般情况只能依据特殊情况被体会，所以这种自我努力是所有（不管是不是文学的）创作的起点，也只能是个起点，而且如果它不能被纳入作用于整个现实的更大的行动当中，它就毫无意义。现实主义的第一要求，使其区别于其他文学的第一层划分，便是对总体性（totalité）的意愿。[14]

　　在佩雷克看来，现实主义文学的第一要义是总体性，也就是将个体放入作为整体的社会现实中去把握与揭示。这一观念除了呼应了列斐伏尔在《日常生活批判》第一卷中提出的总体性——"日常生活是一切活动的汇聚处、纽带和共同根基。只有在日常生活中造成人类的和每个人的存在的社会关系总和，才能以完整的形态或方式体现出来"，[15] 其形成与匈牙利马克思主义哲学家乔治·卢卡奇（Goeorge Lukas）的影响也不无关系。年轻的佩雷克在 1960 年前后阅读了卢卡奇的著作，在后来的岁月中，他曾多次提到从卢卡奇的著作中受益。从他对现实主义的阐释来看，他所说的成为现实主义作家的计划正是要成为卢卡奇所说的"伟大现实主义作家"："对伟大的现实主义者来说……主要的是，他拥有什么样的手段，他思维和塑造的总体性有多么广和多么深。"[16]

　　卢卡奇继承了马克思的"异化"观点，提出现代资本主义生产方式的"物化"。在资本主义社会，不仅物成了商品，人及人的劳动力，甚至人与人的关系都已经物化为商品，这种物化不仅体现在生产上，也体现在社会生活的方方面面，这导致个人主体性的丧失，人的本质被割裂成碎片隐藏在日常生活中，因此要全面地认识社会和生活现实的总体已经十分困难。卢卡奇提出的瓦解物化的办法是一种具体的总体性（concrete totality）："只有在这种把孤立事实作为历史的发展环节并把它们归结为一个总体的情况下，对事实的认识才能成为对现实的认识。这种认识……前进到具体的总体的认识，也就是前进到观念中再现现实。"[17] 卢卡奇的现实批判的直接对象，便是作为"异化"而存在的资本主义日常生活。"日常生活突出的特点在于直接性，直接性构成了物化的基础，而这正是资本主义社会的特征。日常生活的直接性体现在现象世界掩盖了真实的本质世界，人们生活在与自己最为接近的现象世界中，失去了总体把握世界的能力和热情。日常生活直接性的原因在于'人们对于自己周围的环境——只要它对人起作用——是根据其实际功用（而不是根据它的客观本质）来把握和推断的，这是必要的日常生活事物'。"[18] 另一位匈牙利哲学家阿格妮丝·赫勒（Agnes Heller）继承了卢卡奇在《审美特性》中关于日常生活与科学、艺术的关系的思考，在其著作《日常生活》中从微观层面上分析了"对日常生活加以改变的可能性"。[19]

卢卡奇提出"伟大现实主义艺术家的主要特征就是他们千方百计、废寝忘食地按照客观本质去掌握并再现现实"。[20] 在卢卡奇看来，面对这样的日常生活，作家和艺术家肩负着更加重要的使命："人们的日常态度是每个人活动的起点，也是每个人活动的终点……如果把日常生活看作是一条长河，那么由这条长河中分流出了科学和艺术这样两种对现实更高的感受形式和再现形式。"[21] 因此作家不能再停留于对日常生活直观、表面的观察和反映，那是对物化现象的认同，这样无法看到资本主义社会现实的全部真相，无法认识"总体的人"（the whole man）。

佩雷克在其宣言式的《为了一种现实主义文学》中表达了非常相近的观念：

我们称一个事物为艺术作品，恰恰不是因为无根的创作就是审美作品；反而是因为，它是对具体现实的最为全面的表达：如果文学创造艺术作品，那是因为它赋予世界秩序，因为它让世界恰当地呈现，因为它揭露世界在日常的无序之外的面目，同时用其自身的必要性和运动，整合并超越形成世界表面纹路的偶然事件。这种对世界的揭露和安排，就是我们所说的现实主义。[22]

佩雷克说他从卢卡奇那里学到的另一个重要概念是讽刺："我从卢卡奇那里发现了绝对必不可少的概念：讽刺，也就是一个人物可以在一本书里做出一个行动或经历一种情感，而作者完全不认同这个人物，他呈现这个人物正在如何误入歧途。"[23] 这个描述很容易使人想到布莱希特（Bertolt Brecht）的"间离"（distanciation）概念，而事实上，在这句话之前，佩雷克确实说到，"我的第一个榜样是布莱希特。偶然间，我去戏剧中寻找在小说中找不到的东西，布莱希特教给我一件很重要的事，间离的概念，就是说布莱希特的戏剧中所再现的东西，不是观众可以拥有的一个事件或一种感受，反而是观众被迫去了解的感受或事件"。[24] 在佩雷克的表述中，他是在卢卡奇那里又一次发现了"间离"概念的，此处他很可能表述不够清楚或产生了误读，因为事实上，正是"间离"概念引起了布莱希特与卢卡奇之间的著名论战。从佩雷克的大量言谈和各种资料中可以发现，佩雷克对理论著作进行过大量阅读，但是他并不是理论的忠实追随者（不然甚至不会早早从大学退学），他认为理论只能描述实践的规则却不能指导实践；他从不是个引经据典的教条者，反而"对任何理论、知识体系和文学风格从不顶礼膜拜，而是抱着不求甚解、为我所用的态度。如有必要，他往往作出主观色彩极浓的阐释"，[25] 甚至杜撰。正是这样的态度让他总是对理论产生歧义理解，或可称之为他个人的创造性发挥。不过，无论卢卡奇与布莱希特在普通与高雅、形式主义等方面的争论如何激烈，他们都有一个共同的认识：艺术作品在观众身上唤起的不应该是认同，而是一种批判的距离，作者的视角也要超乎自己的作品和素材之上。佩雷克所理解的"讽刺"与"间离"同义，即作者与作品之间的"讽刺距离"，小说是一门讽刺的艺术，将读者从所有确定性中剥离。正如詹明信（Frederic Jameson）在评论卢卡奇与布莱希特之争时所写道：

> 在这种情况下，一种新的现实主义的功能将变得清晰可辨：在消费社会里抵制物化的力量，重新发现被今天生活各个层面和社会组织中的存在碎片化系统地破坏了的总体性，这样一种现实主义在世界日益成为一个体系的情况下能够折射出各阶级之间的结构关系和阶级斗争。这样一种现实主义概念将融合现代主义的辩证对立面中那些最具体的东西——在一个经验已经完全变成一大堆习惯和自动化的世界里，它强调对感知的恢复。[26]

消费社会的全然到来让世界崩解为细碎的、难以被真正掌握的日常生活，让人走向马尔库塞（Herbert Marcuse）所说的"单一向度"，时代对艺术创作者所提出的新的要求，不再是对"典型人物、典型环境"的挖掘与塑造，而是对日常生活的感知和激活，而这要求创作者对日常生活所处的整体性以及日常生活所遮蔽的事物保持清醒的认识，对日常生活的感知和实践则更需要一种刻意保持的距离。

回看佩雷克对《物》的处理，在一次采访中他表示：

我是带着愤怒、恼火开始写这个跟我个人经历有点相近的故事的。今天的年轻人受广告的刺激，被所见到的橱窗里的奢侈品纠缠，却没有能力得到，他们赋予这些"物"一种道德价值……但是别以为我沉浸于《物》。做为作家，我渐渐抽离出来。我达到了"脱敏"（désensibilisation）状态，也可以说是冷漠。[27]

佩雷克在书中践行了他对"讽刺距离"的认同，他的描绘不带感情色彩，第三人称复数的叙述称谓首先让叙述者与笔下人物拉开了足够的距离，因而书中时不时也会冒出这个旁观的"第三者"略带挖苦的评论（"想象力和文化背景只允许他们考虑如何做百万富翁"，[28]"他们坚持不了多长的时间"[29]）。同时佩雷克又是在日常生活中搜集并整理素材的好手，这正是他所强调的：首先从个体经验出发，进而将其放入整体性中去观察。

"我是左派，但我从来没有真正战斗过。"[30]佩雷克有清晰的政治立场，有明确的现实主义主张，但他的态度不是激烈的，不像卢卡奇那样具有强烈的阶级意识并且教条主义。他认为社会主义角度对于写一部现实主义作品并不是必要的，现实主义写作与教条主义倾向毫无关系，只需要"反映"现实，将现实物质化为创造性对象。而他所反映的现实必然是自身的现实："我可以将自己看成无产阶级，但是只是从写作的角度。我无法写出无产阶级文学，描写一个工人的家庭生活，他的斗争、他的矛盾……我不了解这些。"[31]他甚至承认自己过的是小资产阶级的生活："上午去办公室，下午在家工作，晚上看电影"，[32]这也正是《物》的主人公们所过的生活；他并非不喜欢自己的时代，"生活在最好的条件中，但这条件未必是理想的。"[33]这是他对身处的"消费社会"的认识，在《物》中他也做如此表达："他们处在最平庸的境遇，世上最尴尬的局面也莫过于此"。[34]

佩雷克所认为的现实"在橱窗里，在物品身上，在每块布上，在每个声音背后，在每个词语之下"，[35]它们总是当下的，是个体与整个世界的联系。因此作家的实践不仅是解释并把握现实，更是创造现实的活动，是与世界建立新型的联系。用佩雷克自己的话说，现实主义作家就是与现实建立某种关系的作家。因此我们从未看到他将童年悲剧、纳粹暴行诉诸悲情的控诉，也看不到他抒发强烈的个人情感或表达道德感；他把个人生活的经历转化为虚构的人物或者游戏般的组合成分，他与素材之间始终保持清醒距离，用虚构和游戏建立与世界的新联系。即使他是带着对堕落的社会现实的不满开始写《物》的，也不会将作品当做悲愤的宣泄，反而以轻盈的幽默与调侃，说出对物之迷恋的真相。

对他来说，仅仅从一种感受和冲动出发来写作是不够的，还必须找到承载物——词语，以及处理它们的方式："从一种感觉、印象、拒绝或接受开始，将词语、句子、章节组织在一起，一句话，就是生产出一本书。"[36] 佩雷克后来也重申，观念或者感觉如果没有支撑物来再现便什么都不是，世界只有被作用时才变得清楚。而他作用于世界的方式就是自己一再强调的"写作"，在佩雷克这里，写作是描述世界时所用的修辞、词语、句子，是它们之间奇妙的排列组合，写作让创作"高于现实"。

"神话集"中的人物？

在《物》问世之时，就有评论称热罗姆与西尔维是罗兰·巴特的《神话集》中的人物，而作者佩雷克在采访中也称这本书是"一部关于时尚的神话学，一种迷恋物的机制"。[37] 在沃里克大学的演讲中，佩雷克在讲述自己对其他作家的借鉴时说到："写《物》时，我用到了四个作家"，[38] 并用一个图式表达出来：

福楼拜　　　　　　　　　　　　　　　　尼藏（Nizan）
　　　　　　　　　　　《物》
昂泰尔姆（Antelme）　　　　　　　　　巴特[39]

佩雷克是如何"利用"巴特的？"巴特——我应该在他下面加上《快报女性版》（*Madame Express*）——确实在素材（corpus）方面帮到了我，我写《物》用到了一大叠《快报女性版》，为了在读了太多之后换换口味，我读了巴特……"[40]

在前文中我们已经提到，佩雷克创作《物》的动机，源于对当时的年轻人为广告所迷惑和驱使的愤怒，佩雷克敏感地察觉到了伴随着消费社会而来的广告、图像的泛滥："我对广告的压迫非常敏感，它在我们每个人身上强加消费的好处，我们都可以梦想拥有这些东西，我们也能在橱窗里看到，但是我们获得的方式只能是成为新的奴隶。"[41] 作者这样描述小说的内容："一对正在求学并走上职业道路的年轻人，在今天的法国徒劳地调和着自由、工作与享受，或者说调和着关于工作（办公室）、自由（懒觉）以及享受（家具、服装，物）的图像。"[42]

被图像统治的世界，图像的无所不能，正是《神话集》与《物》共同的主题。巴特很早就开始关注广告语言机制，他运用符号学的方法，分析、揭示符号背后的意义。不言而喻的常理，显然易见的事实，都逃不过他犀利眼光的追问。但佩雷克与巴特的不同在于，他无意做学者式的分析，而是尽力描述这样的状况："他们喜欢一切否定厨艺、徒饰奢华的事物……他们喜欢肉酱、配着花环形的蛋黄酱的什锦菜、火腿卷和'鸡蛋冻'……"[43]

《物》在结尾部分对餐车的描述，似乎是对巴特笔下火车餐车的致敬：

> 雪白的桌布，带着卧车纹章的粗大的餐具盘碟仿佛预示着一顿丰盛的宴会。不过，侍者端上来的午餐却的的确确是平淡乏味的。[44]

在丰富之外，还提供了一幅坚固的幻景：雪白的桌布、巨大的盘子，它们在这里都在戏剧性地超越简单的器具，证明我们还处在一种仿制品文明。（巴特）[45]

除了《物》，我们在读到佩雷克为《艺术–休闲》（Arts-Loisirs）杂志撰写的专栏文章《威士忌的独裁》（La dictature du Whisky）时，完全可能将其误认为《神话集》中的一篇。佩雷克在探讨威士忌作为法国文化的一个标志性符号时的视角，甚至语气，无不让人想起巴特；他对布尔乔亚生活方式的嘲讽更是带有巴特的神韵："在几乎所有的私人或公开聚会上，威士忌施行着真正的独裁：不喜欢在饭间喝香槟（我说香槟时是友好的），又只把果汁（我说果汁时也是十分善意的）当做纯形式崇拜的人，要么喝威士忌，要么什么都别喝。"[46]

广告、时尚、消费、布尔乔亚的生活方式，无不对应着罗兰·巴特那本分析日常生活中图像的符号神话的《神话集》。这些"神话"充斥于日常生活，两位写作者都试图对以"物"为表征的巴黎日常生活做一番总结，与此同时，破除这些"物"背后的神话。

佩雷克对广告确实下过一番功夫："《物》不是小说，而是一份叙述，一项研究。基础材料不仅是我周围的世界，也有对几份报纸的细心考察，《快报》《她》《您的家》，以及其他报纸，它们的基本功能就是刺激消费。"[47]他的"研究成果"出现在小说的描述中："《快报》也许是他们最重视的周刊……《快报》盛行的风格是虚假的距离感，言外之意，遮遮掩掩的鄙视、晦涩的欲望、虚伪的热情和种种挤眉弄眼的暗诱，如今它已经成了广告的园地，明里暗里都为这个本质的方面服务。"[48]以及"《快报》为他们提供了关于舒适生活的一切标准和象征：宽大的浴巾、令人瞩目的解谜案、时髦的海滩度假、外国风味的烹饪、各种有用的小诀窍、通透的分析、名人轶事、便宜的居所、关于某事的众说纷纭、新思想、小孩穿的连衣裙、速冻菜、优雅的举止细节、得体的愤慨、各种最新的建议"。[49] 这些描述无不让我们想到，今天我们翻开任何一本时尚杂志时的情景，尽管中国步入消费社会的时间较晚，却迅速地融入了这种全球化的景观之中。

再联系《物》的副标题"六十年代纪事"，我们更能发现它与《神话集》针对着相同的对象，即在二战后来临的消费社会；区别是巴特有强烈的政治批判意图，而佩雷克虽然给人物很清晰的阶级属性，却没有明显的政治指涉，他唯一提到的政治事件是阿尔及利亚战争，这是书中年轻人迷惘的一大前提："阿尔及利亚战争的结束产生了一个空白，一个政治的空洞，我们一下子进入了一个消费、娱乐、富有的社会。"[50] 巴特将"布尔乔亚"或"小布尔乔亚"这样倾向性明显的标签贴于他所批判的生活方式；而佩雷克更偏爱罗列"物"的名称、堆砌对物的描摹，来摹画他的"小布尔乔亚"主人公的生活场景，这些具体的事物及其带出的现实感反而增添了一部小说的"社会学性"。

佩雷克最为关心的是对物的修辞，他几乎一生都在针对不同题材试图穷尽各种修辞术。修辞术（rhétorique）——有关表达的技巧和学问——的概念可以追溯到柏拉图时期的古希腊，一度在欧洲备受推崇。但是到了 19 世纪，在浪漫主义和实证主义运动的冲击下，修辞学在法国渐渐受到冷遇甚至抨击，1885 年，修辞学被从法国中学的人文课程中取消。但其实修辞学并未消失，只不过以其他的名字和形式存在着，直到 20 世纪 60 年代，随着形式主义和结构主义思潮的兴起，修辞学获得复苏。[51]

罗兰·巴特作为法国结构主义的代表人物，其心力所倾注的领域正是修辞学。而试图用《物》这本书说出"关于对物品的迷恋所能说的一切"[52] 的佩雷克表示，他正是从巴特那里发现了修辞学："我发现了一个叫做修辞学的概念整体。"[53] 后来他也一再强调，修辞学的概念对他来说是基础性的概念。

那么如何对物施展修辞术呢？"写《物》的时候，我参加了巴特关于广告修辞的研讨会。正是他告诉我稍稍倾斜地看待事物，让眼睛不要盯着中心而是边缘：这样才能看到世界稍稍迂回地出现，世界非常鲜明地出现。"[54] 写作"首先是一种目光的对象"，[55] 罗兰·巴特如是说，这种目光正是"倾斜的"的目光，一种符号学的视角，是小心规避图像之陷阱的方式，甚至成为佩雷克日后观察和创作的基本方法。在佩雷克去世四年后出版的文集《思考 / 分类》（*Penser/Classer*）中，收录有一篇题为《12 种倾斜的目光》（*Douze regards obliques*，1976）的文章，这是来自巴特的财富："为什么谈论时尚？这真的是个有趣的话题吗？这是个时髦的主题？"[56] 倾斜的目光不仅注视着物，也注视着我们看待物的眼睛。在日常生活沦为景观的时代，观看成为人不假思索的主要生活方式，视觉制造了无数陷阱，在人与物之间，观看的目光是如何形成的？这也正是两位作者共同质问的。而倾斜的策略，是不被虚假的客观性所蒙蔽、让话语之内涵（connotation）自动显现的方式，拆穿能指与所指之间的迷思，穿透表象创造自由，进而重新创造观看的主体。

佩雷克将自己工作的第四个领域称为故事性的（romanesque），故事性也是巴特在其对小说的分析中多次阐释的概念，佩雷克所说的"故事"也绝非传统小说中的"戏剧性"，而更多是巴特所说的"细节"：对事物的命名、分类、标记，赋予作品超越小说之外的意义。在巴特看来，细节构成故事性，因为细节是感知真实的方式，是对真正的日常的探测和框定："故事性是一种话语（discours）模式，它不是根据故事（histoire）来安排的；是一种对真正的日常和人物以及所有生活中发生之事进行标记、投入和表达兴趣的方式。"[57] 在对福楼拜和萨德（Sade，Fourier，Loyola，1971）的分析中，巴特一再肯定细节对于故事性的意义："在《布法和白居谢》[58] 中，我读到这样的句子'桌布、被单、餐巾垂挂于绷紧的绳子上，木衣夹夹着。'这令我怡悦。我于此处欣赏某类过分的精确，几分语言之狂热的贴切性，某种描述癖"；[59]"细节的发明，对菜的命名……从一般性的标记（'他们吃的东西'）到详细的菜单（'高峰时间供应炒蛋、chincara、洋葱汤和摊鸡蛋）构成了故事性的标志本身：我们可以根据标记食物的热情给小说归类：普鲁斯特、左拉、福楼拜，我们总是知道他们的人物吃什么；而弗洛芒坦、拉克洛、甚至司汤达，不是这样的。食物的细节超出了意指作用，它是意义的神秘补充。"[60] 在《物》中，我们看到佩雷克严重的"描述癖"：不厌其烦地列举事物的名字，对物精细、贴切、丰盛的描写，实在就是巴特所认为的小说家："小说家借着对食物作引述、命名，标而出之（待之若显要之物），将事物之终极状态、无以超越或取消者塞给读者。"[61]

"对我来说，跟罗兰·巴特一样，一本书不会给出答案，它提问题"，[62] 佩雷克的话让我们想到巴特的"事物意味着什么，世界意味着什么？所有文学都是这个问题……它是个问题而不是答案，世上没有任何文学回答了这个它提出的问题"。[63] 佩雷克在一生的实践中总是不断向世界发问，尤其是对"次普通"（infra-ordinaire）的事物："每一天发生了什么又重复着什么，平凡的，日常的，理所当然的，常见的，普通的，次普通的，身外之物，习惯性的，怎样报告它们，怎样质问它们，怎样描述它们？"[64] 对日常物品、地点、城市的不停追问是佩雷克实践的重要部分，甚至是他建立一种当代人的社会学或人类学的野心。以作家为志业的佩雷克当然不会执着于理论论述，但他给我们示范了一种不停追问的态度，也提示了一种不再依赖习惯的观看方法和追究事物的方法论。在对"次普通"的探索中，佩雷克展开了各种计划，比如"地点计划"，甚至是"造梦"计划，从这些计划中诞生了许多有趣的文本，这些文本打碎现实又重组现实，改写了日常生活的神话。在佩雷克的重要研究者克洛德·布尔格林（Claude Burgelin）看来，"《空间种种》是最忠实于巴特精神各个层面的一本书"，它"用另外的方式投入房屋与街道，清点我们的空间中的裂缝、空隙、摩擦点，对它们进行游戏般的使用，松动我们的习惯，适应环境，打开隔膜，结合批评与行动，重新将政治写入日常，调和诗歌与社会学。实实在在地改变了生活。"[65]

在出版于 1973 年的作品《暗铺，124 个梦》（*La boutique obscure: 124 rêves*）中，佩雷克按时间顺序记录下自己在 1968 至 1972 年间做的 124 个梦，其中一个梦的标题就叫"S/Z"——跟巴特的那本著名文集同名。佩雷克的这个梦有着小小的玩笑意味，却能由此看出他对巴特的持续关注。1981 年，在佩雷克去世前不久，他曾发出"我真正的老师，是罗兰·巴特"[66] 的感慨。其实越到创作的后期，佩雷克与巴特走得越远，当巴特在 1967 年出版另一部符号学力作《流行体系》（*Système de la Mode*），开始对时装杂志刊载的女性服装进行结构分析时，坚持不写两本相同的书的佩雷克已经创作了他自称与《物》完全相反的《睡觉的人》（*L'homme qui dort*），[67] 而且已经在"潜在文学工场"（Oulipo）发现了更广阔的天地。在文学的方式和趣味上，我们知道巴特一直与阿兰·罗伯-格里耶（及其所代表的"新小说"作家群体）和以《原样》（*Tel Quel*）杂志为阵地的"原样派"走得很近，佩雷克却对二者表示反感。但是在对日常的破译，在对于图像、符号、日常景观的关注上，他们的旨趣并无二致；而佩雷克在写作中所追求的现实主义恰恰呼应了巴特所说的非现实主义（irréalisme）：

话语（parole）既不是工具，也不是载体：它是一种结构，我们越来越能感觉到这一点；但作家，顾名思义，是唯一在话语结构中丢掉自身结构和世界结构之人。不过这种话语是一种被（无限）作用的材料，有点像一种超语言（sur-parole），真实对它来说从来只不过是个借口（对作家而言，书写是个不及物动词）；因此话语永远不能够解释世界，至少在它假装解释世界的时候……总之文学总是非现实主义的（irréaliste），但正是这种非现实主义让文学经常能够对世界提出好问题——只不过这些问题从来都无法直接……[68]

一部社会学小说？情境小说？

按照佩雷克自己的说法，《物》是描述消费社会的小说，是一份社会学研究报告，那么它的发表对于消费社会来说究竟有什么样的意义？

让·鲍德里亚在《物体系》（Le Système des Objets，1968）的最后让我们"来读读佩雷克（原译斐瑞克）的小说，《物》（原译《事物》）一书的开头部分吧"，[69]鲍德里亚将《物》看成消费社会的伴侣关系（le couple）的绝佳阐释："今天所有的欲望、计划、要求、所有的激情和所有的关系，都抽象化（或物质化）为符号和物品，以便被购买和消费""伴侣关系的客观目的性变成了物的消费，而且还包括了过去象征此一关系的物品的消费"。[70]

鲍德里亚将《物》开头对室内居住环境的描写与巴尔扎克所描写的室内相比较，发现"物品中没有任何人与人关系的留痕：这里面的所有东西都是记号，纯粹的记号"。[71]在对接下来的内容的分析中，鲍德里亚指出了这些物或者说记号"只是在描绘关系的空虚，而这一空虚可在这对伴侣相互的不存在中到处可以读得出来。热罗姆和西尔维（原译杰若姆和西尔薇）并不是以一对伴侣的方式存在：他们唯一的现实，便是'热罗姆和西尔维'，[此一]纯粹的共谋关系在表达它的物体系中隐约可见"。[72]鲍德里亚精准地指出了《物》中两个人物的虚空关系，这正是佩雷克所感受到的随着阿尔及利亚战争之后、消费社会的突然而至一同到来的空虚。鲍德里亚还指出，书中那些以条件式[73]写就的段落拆穿了"生命计划表达于一种飞逝的物质性中"，[74]他们"不再有计划（project），有的只有物品（object）。或者毋宁说计划没有消失：它自满足于在物品中作为记号的实现。"[75]

然而，如果说作为小说家的青年佩雷克只是用写作提出问题而不提供答案，那么鲍德里亚的理论书写者则必须给出一定的结论。鲍德里亚提出了一种新型的消费理论，即消费不是一个被动程序，而是一种"主动的"关系模式，当物品转化为有指涉能力的符号，消费也就成为"对符号的系统性操作活动"。但这是一个唯心的、系统性的理念活动，也是他从《物》中得到的结论："物品所表达的是一个关系的理念"，"在豪华的书本和餐厅的彩色石印画片之中，被消费的只是理念"。[76] 进而被提出的结论则是，革命也"在革命的理念中自我消费"，[77] 大概这也是为何鲍德里亚会在日后认定"68 革命"是虚假和失败的："在一个消费社会中，所有的事物都成为符号以便被消费，其中也包括对这个社会最激进的批评。"[78] 直到 30 年后，鲍德里亚仍然秉持这种"消费"的观念并认为"在《物体系》中所观察到的，今天又可在审美体系里找到"："培根被官方地当作符号来消费，虽然在个人的层次，每个人都可以尝试进行一个独特化程序……但在今天，要越过教学体系和符号的劫持，需要花去不少功夫！"[79]

　　按照鲍德里亚的看法，《物》中的热罗姆和西尔维将继续抱持他们的理念消费生活，不会走向什么革命。佩雷克在书中用一系列条件式和将来时所写出的人物的"未来"，似乎也表达了同样消极的看法："一切都可以这样继续下去的。""他们坚持不了多长的时间"，"总有一天，他们会决定结束这一切，就像其他人一样……他们会怀着希望寄出精心斟酌写出的简历……他们的履历还是得到了特别的注意"。[80]

　　这样的热罗姆和西尔维其实更像是列斐伏尔在《现代性引言》中描述的年轻人：

　　他们觉得这是错的，但是他们没有那么大的渴望让它变对……他们希望人和事物都如其应该所是的样子。他们喜欢愉快，讨厌无耻，甚至是假装的。他们并不仇视享乐，但鄙视享乐者。他们完全信服在我们周围占据着巨大的愚蠢，一根柱子，沉闷，爱争论的丑人，自发性、品味和清醒的赢家……他们拒绝在强制劳动和一致同意的游手好闲之间，在寄生和忙碌的官僚之间做选择……他们既不喜欢因循守旧，也不喜欢布尔乔亚或别的……他们尽其所能地生活，也几乎不为无所选择而尴尬，拒绝在无能与权力之间、在失败与成功之间选择。[81]

　　这是列斐伏尔在那个时代的"先锋"青年身上发现的特质，似乎说的就是热罗姆与西尔维，难怪罗兰巴特曾称在《物》（尚未发表的第三稿）中看到了一种"情境的现实主义"。[82]

　　列斐伏尔将 60 年代的（西方）社会命名为"被引导的消费的官僚社会"（la société bureaucratique de la consommation dirigée），指

出日常生活在当代社会中不再是具有丰富可能性的主体，而是成了被社会组织结构所作用的客体。在继续发展的日常生活批判理论中，列斐伏尔进一步指出："新资本主义对日常生活的统治不仅表现在物质生产与消费领域，而且潜在于对人们的精神文化心理的全面控制之中，有形的、局部的、外部的、直接的物质统治被隐形的、内在的、无孔不入的抽象统治所取代，外在的压抑被自我压抑所取代"。[83] 人们于是越来越蜷缩于自己的私人小生活，而真正的日常生活已经全然丧失了。因此列斐伏尔提出的破除办法是进行持续的文化革命，是走向节庆，去发现日常生活的伟大之处，他预先提出了"68"的口号："革命改变生活""日常生活应成为艺术作品。"[84]

如果说佩雷克笔下的人物身上隐藏着列斐伏尔所发现的革命力量，《物》的作者却并未赋予他们这样的"结局"，他们在小说中出场，也在小说中退场，作者刻意与他们保持着清醒的距离，除了轻微的幽默讽刺，他不对人物和时代做出具体的评价。应该说佩雷克是温和的，他的不说教是明显不同于巴特和列斐伏尔的，更是与情境主义者放纵、激烈的一面大不相同。在1969年的一次访谈上，记者再次问到《物》与消费社会的问题，佩雷克马上表示："我不是很喜欢谈论消费社会，我可以谈谈更具体的东西。"[85] 当然他还是不得不顺着记者的提问进行谈话，但是他认为他对现实的介入方式就是"用自己的不适去惹起读者的烦恼"，[86] 并且他相信有一个"更好的未来"[87]在前面。

佩雷克对于消费社会表达的态度并非激烈的否定，他也并不强烈地渴望变革，他只是不时感到"不适"；他所力图质问和呈现的，正是这种"不适"，这不适恰恰来自被忽略的、被遗忘的"日常"。这种不适感也成为他敏感的源头，因为感觉不对劲，才对那些一般为人们习以为常的事物多加留意，甚至百般好奇。《物》所呈现的是这些观察和好奇心的发现，是佩雷克对自己在这样一个时代和社会里的生活经验的整理和描述。由于他的叙述方式表现为大量"材料"的罗列，又对时代特质把握得精准，因此使人感觉《物》如同一篇社会学报告，而作者本人也被冠以"社会学家"之名。事实上，佩雷克还远不能算是个社会学家，他也无意承担这一角色，更应该说，他用文学的方式填补了社会学研究所未能触及或无力呈现的领域，提供了社会学、人类学、历史学等社会科学理论之外的角度，去观察和反思日常生活并进行不一样的书写和陈述（énonciation）。

注释

1. Georges Perel, *Entretiens et conférences*, Vol. 1. 1965-1978. op. cit., p.59.

2. 让·鲍德里亚:《消费社会》,刘成富、全志钢译,南京:南京大学出版社,2008 年,第 3 页。

3. Georges Perel, *Entretiens et conférences, Vol. 2. 1979-1981*. Joseph K, 2003. p.215.

4. Georges Perel, *Entretiens et conférences, Vol. 1. op. cit.*, p.21.

5. ibid.

6. ibid. p.78.

7. 让-保尔·萨特:《什么是文学?》,施康强译,北京:人民文学出版社,2018 年,第 57 页。

8. 米歇尔·维诺克:《法国知识分子的世纪——萨特时代》,孙桂荣、逸风译,南京:江苏教育出版社,2006 年,第 13 页。

9. Georges Perel, *Entretiens et conférences, Vol. 1. op. cit.*, p.78.

10. 《法国知识分子的世纪——萨特时代》,第 13 页。

11. Georges Perel *Entretiens et conférences, Vol. 1. op. cit.*, p.78.

12. Wuillème Tanguy, "Perec et Lukàcs: quelle littérature pour de sombres temps ?", *Mouvements*, 2004/3 no.33-34, pp.178-185.

13. 而文学,或者说现实主义文学的作用就是在社会走向坠落时,"提前勾勒出我们的纵身跃起"。"Pour une littérature réaliste", *Partisans*, n° 4, avril-mai 1962. pp.121-130.

14. ibid.

15. Henri Lefebvre, *Critique of Everyday Life*, volume 1, London and New York: Verso, 1991, p.97. 转引自吴宁:《日常生活批判——列斐伏尔哲学思想研究》,第 165—166 页。

16. 卢卡契:《卢卡契文学论文选》第一卷,北京:人民文学出版社,1986 年,第 86 页。

17. 卢卡奇:《历史与阶级意识——关于马克思主义辩证法的研究》,杜章智等译,北京:商务印书馆,1999 年,第 56 页。

18. 赵司空:《论卢卡奇的中介本体论——兼论"中介"对于日常生活研究的意义》,武汉理工大学学报(社会科学版)第 19 卷第 6 期,2006 年 12 月,第 858—866 页。

19. 阿格妮丝·赫勒:《日常生活》,衣俊卿译,重庆:重庆出版社,2010 年,"英文版序言"。

20. 卢卡契:《卢卡契文学论文选》第一卷,北京:人民文学出版社,1986 年,第 292—293 页。

21. 乔治·卢卡奇:《审美特性》,北京:中国社会科学出版社,1986 年版,第 1 页。

22. Georeges. Perec, "Pour une littérature réaliste", *Partisans*, n° 4, avril-mai 1962. pp.121-130.

23. Georges Perel, *Entretiens et conférences, Vol. 1. 1965-1978. op. cit.*, p.79.

24. ibid.

25. 《佩雷克研究》,第 32 页。

26. 詹姆逊:《关于布莱希特与卢卡奇之争的反思》,《詹姆逊文集》,第一卷,北京:中国人民大学出版社,2004 年,第 108 页。

27. Georges Perel, *Entretiens et conférences, Vol. 1. 1965-1978. op. cit.*, p.29.

28. 乔治·佩雷克:《物》,龚觅译,北京:新星出版社,2010 年,第 57 页。

29. 《物》,第 100 页。

30. Georges Perel, *Entretiens et conférences, Vol. 1. 1965-1978. op. cit.*, p.24.

31. Georges Perel, *Entretiens et conférences, Vol. 1. 1965-1978. op. cit.*, p.224.

32. ibid.

33. Georges Perel, *Entretiens et conférences, Vol. 1. 1965-1978. op. cit.*, p.32.

34. 《物》，第 42 页。

35. Georeges Perec, "Pour une littérature réaliste". 同注 22

36. *Entretiens et conférences, Vol. 1. 1965-1978. op. cit.*, p.81.

37. *Entretiens et conférences, Vol. 1. 1965-1978. op. cit.*, p.32.

38. ibid. p.82.

39. ibid.

40. ibid. p.83.

41. ibid. pp.36-37.

42. ibid. p.28.

43. 《物》，第 34 页。

44. 同上，第 103 页。

45. Roland Barthes, *Œuvres complètes,* t. I, Paris: Seuil, 2002, p.946.

46. George Perec, "La dictature du whisky", *Le Cabinet d'amateur*, n° 3, 1994［1966］, pp.48-49.

47. *Entretiens et conférences, Vol. 1. 1965-1978. op. cit.*, p.60.

48. 《物》，第 26 页。

49. 同上，第 27 页。

50. *Entretiens et conférences, Vol. 1. 1965-1978. op. cit.*, p.39.

51. 可参看于兹玛·本兹，乔治·佩雷克作品中的修辞学与论题源，南京大学外语学院法语系，法国研究（*Etudes Françaises*）No.84, 1er trim. 2012.

52. *Entretiens et conférences*, Vol. 1. 1965-1978. op. cit., p.84.

53. ibid. p.80.

54. *Entretiens et conférences, Vol. 2. 1979-1981. op. cit.*, p.328.

55. 《写作的零度》，第 12 页。

56. *Penser/ Classer*, op. cit., p.49.

57. Roland Barthes Vingt mots-clés pour Roland Barthes", *Magazine Littéraire*, No. 97 (févr. 1975), pp.28—37.

58. 又译作《布瓦尔与佩居谢》。

59. 罗兰·巴特：《文之悦》，屠友祥译，上海：上海人民出版社，2002 年，第 36 页。

60. Roland Barthes, "Sade, Fourier, Loyola", *Œuvres complètes*, tome II: 1966-1973, Paris: Seuil, 1994. p.1130.

61. 《文之悦》，第 57 页。

62. George Perec, *Entretiens et conférences, Vol. 1. 1965-1978. op. cit.*, p.107.

63. Roland Barthes, "Le point sur Robbe-Grillet", *Œuvres complètes*, tome II: 1966-1973, Seuil, 1994. p.457.

64. George Perec, *L'infra-ordinaire*, Seuil, 1989, p.11.

65. Claude Burgelin, "Les Choses, un devenir-roman des Mythologies?", *Recherches & Travaux*, 77 | 2010, pp.57-66.

66. *Entretiens et conférences, Vol. 2. 1979-1981. op. cit.*, p.328.

67. 这部小说在《物》发表两年后出版，可以说是对《物》的反向改写，比如从第三人称复数改换到了第二人称单数"你"，主人公也从对物欲世界的追求反转为对世界全然的冷漠。虽然在写法上不同，但是两部作品处理的其实是同样的议题，关乎个体在消费社会的生存与"失败"。

68. Roland Barthes, *Essais critiques*, Seuil, 1964, rééd. coll. "Points", 1981, p.149.

69. 尚·布希亚（让·鲍德里亚）：《物体系》，林志明译，上海：上海人民出版社，2001 年，第 224 页。

70. 同上。

71. 同上，第 225 页。

72. 同上。

73. 法语中的条件式表示一种本该发生或将来可能发生的状态。

74. 《物体系》，第 226—227 页。

75. 同上。

76. 同上，第 226 页。

77. 同上。

78. Jean Baudrillard, "Le ludique et le policier", *Utopie*, No. 2/3, 1969, pp.3-15.

79. Jean Baudrillard, "La comedie dell'arte'", interview par Catherine Francblin, *Art Press*, No. 216. Sept. 1996, p.46, 译文转引自《物体系》后记。

80. 《物》，第 97 页、第 100 页。

81. Henry Lefebvre, *Introduction à la modernité*, Paris: Minuit, 1962, pp. 334-335. 转引自 Claude Burgelin, "Les Choses, un devenir-roman des Mythologies?", *Recherches & Travaux*, 77 | 2010, pp.57-66.

82. 转引自 George Perec, *Une vie dans les mots*, p.317.

83. 《日常生活批判——列斐伏尔哲学思想研究》，第 162 页。

84. Henry Lefebvre, *La vie quotidienne de la société moderne*, Paris: Gallimard, 1968, p.372.

85. *Entretiens et conférences, Vol. 1. 1965-1978. op. cit.*, p.106.

86. ibid. p.107.

87. ibid. p.109.

第二章
"乌力波"（Oulipo）人佩雷克

游戏性实践包括对于首领的拒绝、对牺牲的拒绝、对角色的拒绝，个人实现的自由，社会关系的透明度……个人创造性需要一种组织将它集中起来，获得更大的力量。

——鲁尔·瓦纳格姆 [1]

自从 1967 年加入文学团体"潜在文学工场"（Oulipo）后，佩雷克终其一生都是 Oulipo 的成员。这个在中文世界经常被叫作"乌力波"的文学团体的理念与实践对佩雷克的影响深远，他的许多作品都是在 Oulipo 所提倡并研发的"限制规则"（Contraintes）下写出的，这个团体也因为佩雷克的卓越文学探索收获了更大的名气。在法国外交部下属的"法国思想传播协会"（adpf）出版的《Oulipo》一书中，出版人在扉页中介绍这一团体时特别提到："这个团体——其中乔治·佩雷克是杰出成员——的作品，引起法国及国外公众不断高涨的兴趣。" [2] 通篇没有出现一个字母 e 的小说《消失》（La Disparition）一直被看成佩雷克的典型 Oulipo 式实践，也是他的经典之作；而不愿重复写作的他，在此书之后又写了一本全书使用的单词都只包含 e 一个元音字母的小说《重现》（Les Revenentes）。在佩雷克随后的创作生涯中，Oulipo 在限制规则下获得的创作自由和对新文学形式的探索精神，在不同类型的作品中不断被实践。佩雷克不停尝试各种游戏般的文学实验方法，在限制规则与数学计算中发现了文学的无限潜能。因此追溯佩雷克与 Oulipo 的渊源并分析他的"乌力波式"文学实践，对于了解他的整个创作是非常必要的。

潜在文学工场小史

团体的成立

潜在文学工场（Ouvroir de litterature potentielle），缩写名称为 Oulipo，一个国际性的文学团体，1960 年成立于法国并延续至今。其发起人是著名文学家雷蒙·格诺与数学家、化学家，同时也是一位文学爱好者的弗朗索瓦·勒·利奥奈（François Le Lionnais）。早在二战刚结束时，勒·利奥奈就对格诺的作品十分喜爱并持续关注。两人于 1948 年相识后开始定期交往，他们发现彼此的文学理念不谋而合："我们发现我们所走的道路相当接近，而且我们几乎同时产生了将新颖的数学概念注入小说或诗歌创作的想法，那是在离开高中、读大学的时候。"[3]

1960 年，格诺请勒·利奥奈为自己的新作《百万亿首诗》（*Cent mille milliards de poèmes*）——这部作品后来也被公认为 Oulipo 的奠基性作品——写一篇后记，勒·利奥奈提议"成立一个实验文学工作坊或论坛，用只有吟游诗人、修辞学家、雷蒙·鲁塞尔（Raymond Russell）以及俄国的形式主义者尝试过的科学的方式处理文学"。[4] 这一年的 11 月，在勒·利奥奈组织的一次饭局上，这样一个文学团体正式成立。团体成立之初曾叫做"Sélitex"（Séminaire de Littérature Expérimentale，意为实验文学论坛），1961 年 3 月才定名 Oulipo。团体特意挑选了工场（Ouvroir）一词冠名，佩雷克曾对此作出过解释：工场"……是教堂旁边的一个地方，老太太们聚在一起做手工，为穷人织毛衣，闲聊"。[5]Oulipo 强调文学的手艺人性质，这也是他们弃用"实验"一词的原因（在创始人看来，实验一词是新小说、"原样"派这些同时期备受关注的文学运动的倾向），他们认为他们所从事的"潜在"文学的创作"对成员来说无关革文学的命……他们想要研究从前作品中的体系，那些发挥作用的修辞技巧"。[6] 从团体创立开始，成员们定期举行聚会，讨论在限制规则下的文学写作，朗读各自创作的作品并同大家讨论。从 1975 年开始，Oulipo 不定期举办写作工作坊，著名的"星期四"朗读会至今仍在举行。

在 Oulipo 的两位成员马塞尔·贝纳布（Marcel Bénabou）和雅克·鲁博（Jacques Roubaud）为团体撰写的介绍中，我们能清晰地了解这个团体致力于什么样的工作，又对自己提出了什么样的要求：

> [⋯⋯⋯⋯]
>
> OU，是 OUVROIR，一个工场。
>
> 生产什么？ 生产 LI。LI，是文学，是人们读读写写、涂涂抹抹的东西。
>
> 什么样的文学？ 就是 LIPO。PO，意味着潜在的（potentielle）、数量无上限的文学，可为各种实践目的生产到时间尽头的数量庞大无止尽的文学。
>
> 谁生产？ 或者说，谁为这一疯狂的事业负责？ 雷蒙·格诺，简称 RQ，创始人之一；弗朗索瓦·勒里奥奈，简称 FLL，联合创始人，团体的主席，团体的 Fraisident-Pondateur。[7]
>
> Oulipiens——Oulipo 的成员们（数学家和文人，文人－数学家，数学家－文人）做什么？
>
> 他们工作。
>
> 当然，但是做什么工作？
>
> 推进潜在文学（LIPO）。
>
> 当然，但是如何推进？
>
> 通过发明限制规则。新的限制规则与老的限制规则，难的和没那么难的以及特别难的限制规则。Oulipo 文学就是一种限制规则下的文学（littérature sous contraintes）。
>
> 一个 Oulipo 作者是什么意思？
>
> 是"一只为自己建造它知道如何出去的迷宫的老鼠"。
>
> 迷宫是用什么造的？
>
> 词语、音调、句子、段落、章节、书本、书架、散文、诗歌，所有这一切，一切，一切⋯⋯[8]

截止到目前，**Oulipo** 官方网站在册成员有四十余名。加入该团体需要老成员的推荐，而任何人一旦加入便是"终身"成员，即使去世，他们也被视为 Oulipo "永久缺席的一员"。佩雷克同声名卓著的意大利作家伊塔洛·卡尔维诺等，都位列"永久的缺席者"。但是这个团体的成员同时都保持着高度的独立性和创作自由度。自成立以来，除了成员们以个人名义发表作品之外，Oulipo 到 20 世纪 70 年代才开始以集体的名义陆续出版反映其创作面貌的作品合集，比如《潜在文学》（*La Littérature potentielle*，1973）、《潜在文学地图》（*Atlas de littérature potentielle*，1981）以及系列性的《Oulipo 图书馆》（*La Bibliothèque oulipienne*）等。

被佩雷克奉为导师的雷蒙·格诺是这个团体的灵魂人物。

他早年曾是超现实主义团体的一员，后与该团体决裂。在成立 Oulipo 时，他的文学主张正是站在了反对超现实主义的鲜明立场上——超现实主义提倡自动写作等创作方式，强调潜意识的作用，反对理性，仿佛文学性的产生依赖于偶然（hasard）和神秘的"灵感"。而格诺坚持潜在的文学绝非随机产生的文学，这后来也成了 Oulipo 的宗旨。在团体成立之前，格诺就明确提出划清纯粹的偶然与限制规则下产生的偶然之间的界线：

> 另一个相当错误却正在流行的观念，是在灵感、对潜意识的开发和解放之间划等号，在偶然、自动主义和自由之间划等号。但是盲目服从一切冲动的灵感实际上是奴隶。写作悲剧时参考一定规则的经典大师，要比随手写下脑子里出现的东西的诗人更加自由，后者是别的一些他所不知的规则的奴隶。[9]

在格诺看来，只有从限制规则出发，而不是相信偶然的灵光闪现，才能创造真正的自由。反对"偶然"是格诺留下的珍贵遗产，也是 Oulipo 的主旋律，是"潜在文学"定义的精神主旨。

> "Oulipo，就是反偶然"，有一天 Oulipo 成员克劳德·博格（Claude Berge）严肃地说，毫不掩饰对摇骰子游戏的厌恶。
> 不能搞错：潜在性是不确定的，但不是碰运气。我们相当清楚能够产生什么，但我们不在乎是否会产生。[10]

数学与游戏

Oulipo 所倚重的限制规则，很大部分是从数学原理和公式、几何图形理论等衍生而来的。格诺本人就是个数学高手，《百万亿首诗》就是用数学中的组合原理写出的"生成式"的诗作。这部作品初看上去只有十首十四行诗，但"这十首诗都单面排印，每一行沿实线剪开一直到书页的右边。这样，把书页任意折叠之后，每一首诗的第一行，与任何其他一首的第二行，再与任何一首的第三行，再与任何一首的第四行……一直到与任何其他一首的第十四行，都可以构成一首新诗"。[11]"因此，对十个首行诗句的每一句来说，读者可以加上十个不同次行诗句中的任何一句；因此对头两行诗来说就有 10 的平方也就是一百种可能的组合。顾名思义，十四行诗有十四行，诗集作为一个整体提供的可能性依此秩序就是 10 的 14 次方也就是 100 兆首诗……也就是十四组由十个元素组成的集合的笛卡尔乘积

（Cartesian product）的结果"，[12] 这就是"百万亿首诗"的由来。格诺本人也计算过："如果一个人每分钟读一首十四行诗，每天读八小时，每年读两百天的话，那么要读完这个文本需要100多万个世纪。"[13] 这些夸张的数字显示了用数学计算方法的确可以生成数量庞大的文本，却也引起了巨大的争议："在一些人看到了原创的、自觉的和明晰的诗歌创新的范例的同时，其他人则只看到了空洞的杂技、做作和文学的疯狂"。[14]

格诺这本诗集作为一个具体例子，可以让人们对 Oulipo 与数学之间的亲近和其所遵循的"限制规则"有一个初步印象，也很好地为"潜在"文学做出了范例——潜在性意味着早已潜藏在文本之中的变化、组合、再生成的能力，也意味着通过限制规则创造出具有生成作用的形式结构的无限可能。

但是 Oulipo 的文学主张与实践，用这样一个例子及上文的简短说明并不足以解释。

Oulipo 首先定义了自己不是什么：

1. 不是一场文学运动或一个文学流派。
2. 不是科学论坛。
3. 不是实验或随机文学。[15]

格诺进一步明确了他们想做的事是淳朴的、有趣的、具有手艺人性质的。[16] 勒·利奥奈则在 Oulipo 的《第一次宣言》中明确表示，Oulipo 主要致力于两件事情：Oulipo 式分析（Anoulipism）——致力于发现，从前人的文本中发现实验的方法、规律；Oulipo 式综合（Synthoulipism）——致力于发明，对新的文学形式的精心设计。在瓦伦·莫特（Warren Motte）看来，格诺的《百万亿首诗》"代表着 Oulipo 事业最一流的典范"，"它充分地对'分析的'意图，恢复和重新振兴传统的约束形式的欲望做出了回应……还忠实反映了 Oulipo 作品'综合'的一面，它背后的明显意图是阐释一种新的诗歌形式，一种组合的形式。"[17]

在 Oulipo 的《第二次宣言》中，勒·利奥奈提出了"提前的剽窃"（plagiat par anticipation）这一概念："我们有时候发现，我们以为从未被使用过的一种结构早已在很久以前被发现或发明了。我们必须承认这种状况，并把这些文本定性为提前的剽窃。"[18] 这是一个幽默的说法，其实意在强调，借助规则限定的形式来进行文学写作的做法自古有之，并非 Oulipo 首创，Oulipo 只是深刻认可前人的这种实验精神并将其继续向前推进，在发明新的形式结构的同时，对前人作品的潜在性进行挖掘，也肯定并鼓励对前人形式的创造性再运用。"提前的剽窃"如今已经成为一个重要的文学概念，这部分得益于文学教授皮耶尔·巴雅尔德（Pierre Bayard）在他的著作《提前的剽窃》[19]中对这一概念的创造性发展。

　　Oulipo 发明新形式最倚重的就是"限制规则"，相对地，他们贬低灵感的价值。勒·利奥奈指出："一切文学作品都是从一个灵感（至少作者暗示是这样）开始的，而整个灵感，必须尽可能地调整自身以适应一系列中国盒子般互相套嵌的约束和程序。词汇和语法的约束，小说（分章，等等）或古典悲剧（三一律）的约束，一般诗律的约束，固定的形式（比如回旋诗和十四行诗）的约束，等等。"[20]Oulipo 在进行集体练习/游戏时所立下的限制规则非常之多，其中一例是著名的"S+7"规则：随便找出一个文本，再拿出一本字典，将文本中的所有名词都替换为字典中该名词之前或之后的第七个名词。

　　具体到个人实践，佩雷克的《消失》采用的就是不使用元音字母"e"这样的写作规则，这是佩雷克十分喜欢的"避字"游戏（lipogramme），他曾做过许多这一类的尝试，最典型也最著名的作品当属《消失》。在《消失》出版两个月后，他还专门为某《新文学》杂志撰写了对避字法的研究文章《避字法的历史》（Histoire du lipogramme）。卡尔维诺的一些名作，如《如果在冬夜，一个旅人》《命运交叉的城堡》，也是在卡尔维诺加入 Oulipo 之后，以 Oulipo 式的限制规则写出的。试练各种游戏规则，诗歌这种文学体裁无疑是最为合适的形式，我们在 Oulipo 成员的个体或集体创作中看到了各种各样的诗歌实验；但是也由于这些限制规则和组合方式跟法语本身的语法结构紧密相关，因此这些诗歌很难甚至无法被转译为其他语言——特别是译成中文这种结构完全不同的语言。

　　游戏的成立正赖于规则的设立，限制成为创造的起点甚至就是创造的目的本身，精美的文本或结构形式只不过是诸多潜在性的彰显之一。我们可以说，Oulipo 成员是一群要求精细的形式主义者，他们迷恋对形式的发现和创造，如同痴迷对游戏的破解与设定。德里克·希林（Derek G. Schilling）在《日常的记忆》中就称，Oulipo 的成员们拥有"新形式主义道德"（morale néo-formaliste）。[21] 瓦伦·莫特则做了很好的总结："在 Oulipo 诗学的核心是这样的信念：游戏是文学之核，而且在更广泛的意义上是美学经验的核心；在这里，Oulipo 成员热切地赞同赫伊津哈（Johan Huizinga），他断言'所有的诗都出自于游戏'，并把他的论证从诗拓展到了文化本身。"[22]

Oulipo 与城市

但是，我们不能因此误以为 Oulipo 只专注文本形式的锤炼，闭门造车或不问世事；相反，Oulipo 从一开始就对日常生活——特别是其现代性形态"城市"——投入了极大的热情，其中不少成员在城市里进行过各种文学实验："将城市当做诗意与政治交汇的可能之地"。[23] 比如有的时候，城市里一条路的名字也能成为一项创作的"限制规则"。

格诺本人是巴黎这座城市的忠实爱慕者，《地铁姑娘扎姬》（*Zazie dans le métro*）除了是超现实主义式的拼贴手法和各种黑色幽默、文字游戏组成的剧场之外，更是对巴黎日常生活的一次探究：九岁的乡下女孩扎姬来到巴黎的舅舅家，她想坐地铁——"巴黎最杰出的交通工具"，[24] 却刚好赶上地铁工人罢工，城市生活的冲突与诙谐由地铁这个现代都市的象征物突然间的"沉睡于地下"[25] 所引发。格诺也经常在诗歌中歌颂巴黎的日常生活，鸽子、路名、游客都是他诗歌中常见的意象：《走街串巷》（*Courir les rues*）中的一首诗就是由人名组成的，这些人名对应着巴黎街头那些公共雕塑所表现的人物；《你了解巴黎吗？》（*Connaissez-vous Paris?*）则是这样一部作品：1936 年 11 月至 1938 年 10 月，格诺每天为读者呈现巴黎的日常——"追问巴黎三个问题"，文本中混合了轶事、掌故、在巴黎的游走，我们将在后文中看到，格诺的这种每日"打卡式的"实践的方式后来如何为佩雷克所借鉴并创造性地使用和延伸。

在一篇名为《Oulipo 与城市，自然而然的亲近》的文章中，Oulipo 的在世成员赫尔维·勒·泰利耶（Hervé Le Tellier）生动地讲述了 Oulipo 的成员近乎自发地将城市生活看成无尽的素材："他们中鲜少有人没有把城市作为一本书的中心"，"对于这个团体来说，不仅一切都可以成为文学的主题，而且一切都可以是文学的载体：墙、柱、人行道、窗……"，"正因为一座城市充满分支和组合的空间同时是图形的、几何的和拓扑学的，所以城市也是数学的，这为城市的主人们所不知。正是城市的这种潜在性，它的'都市肌理'（tissu urbain）让 Oulipo 着迷"。[26]

除了格诺，赫尔维还举出了卡尔维诺（《看不见的城市》《如果在冬夜，一个旅人》）和佩雷克，以及另一位成员雅克·鲁博及其著名的计划"伦敦大火"（Le grand incendie de londres），也提到 Oulipo 用文学介入城市生活的几次行动。例如在斯特拉斯堡电车站的行动：Oulipo 成员将 96 篇诗歌《斯特拉斯堡有轨电车》（*Tramway de Strasbourg*）展示于每个车站的柱子上（1994）；还有雅克·鲁埃（Jacques Jouet）的"埃克斯西德伊（Excideuil）长椅'城市计划'"——为二十几条小广场上的长椅各自装饰一首诗。Oulipo 的其他类似行动还包括在巴黎八大（Vincenne Saint-Denis）图书馆的外墙上创作诗歌"Seul astre exact un livre"[27]，巴黎 Carefour-Pleyel 地铁站的"墙上诗歌集《Carefour-Pleyel 的十二个月》（*Douze mois à Carefour-Pleyel*）"等。此外，2010 年，在团体成立五十周年之际，Oulipo 在雷恩市进行了"戴高乐广场的 200 颗钉子"（Deux cents clous pour l'esplanade Charles-de-Gaulle à Rennes）项目，Oulipo 在广场地面用一颗颗钉子制造了旧时的二人行道，每颗钉子上都刻有文字，行人依据自己行进的路线将这些文字拼在一起便能组成一首诗歌，从不同的方向行进便得到不同的诗，而此举的可行性在于其背后的回文诗（palindrome）规则。

虽然 Oulipo 并未如情境主义者一般，将介入城市看成革命方法，也未曾提出政治主张，但是文学与城市和日常生活的密切关系在他们心中是默认的："我们无法想象一个没有写作的城市。"[28] 他们更在意的是将城市肌理中潜藏的诗意挖掘出来，这未尝不是对城市的革命性使用；当我们习以为常的街道、廊柱、门窗形成一首诗，不正是诗意与政治交汇的时刻么？

Oulipo 也为让更多人发现城市的惊喜而付诸努力，他们组织的写作工作坊经常带着学员走上街头。20 世纪 70 年代，佩雷克曾参与在阿维尼翁新城（Villeneuve-les-Avignon）举办的工作坊，他们直接走上街头邀请人们创作文本，向人们提出类似这样的要求：写一句话，第一个词有一个字母，第二个词有两个字母，第三个词有三个字母，第四个词有四个字母……这种"雪球诗"（snowball poem）让当时的人们感到相当震惊。直到近期举办的工作坊，Oulipo 仍经常带学员到城市的某处，就当时当地的所见所闻进行创作（当然是在一定的限制规则下）。"所有城市的、关于城市的游戏，于是成为关于集体记忆的游戏，一个关于这个埋藏在道路名字、花园、古迹、汽车站和地铁站之下的遗产的游戏……"[29]

"Oulipien"（乌力波人）佩雷克

佩雷克是 Oulipo 的重要成员之一，自加入之日起，他的名字便越来越频繁地被与 Oulipo 一起提及；而他对 Oulipo 也有极强的归属感，他说 Oulipo 就是他的办公室、实验室。[30] 佩雷克的朋友，同为 Oulipo 成员的马塞尔·贝纳布（Marcel Bénabou）在一次访谈中回忆了他们是如何加入 Oulipo 的。这对早在 20 世纪 50 年代便相识并曾打算一起创办《总路线》的老朋友，对语言文字的各种游戏和可能性早就抱有浓厚的兴趣。在当时已经身为 Oulipo 成员的雅克·鲁博的家里参加聚会时，他们朗读了一篇共同创作的实验性作品 "LSD"（Littérature Semi-Définitionnelle，意为半定义性的文学）。"鲁博高兴地从桌前站起来对我们说：'你们正在读的，跟我刚刚加入的一个团体所追求的东西完全一致。'" [31] 于是没过多久，佩雷克便经过双向选择成为 Oulipo 的一员，马塞尔·贝纳布随后加入。用后者的话说，他们仿佛注定要加入这个团体："很小的时候，我就喜欢文字游戏和进行语言组合。但我从没想过我会用这种方式写作。当我认识了乔治·佩雷克，我们一起将操控和玩弄语言的兴趣理论化，并将语言游戏转化为我们写作中的新元素。我们想要将文学从'宏大文学'（Grande littérature）和华丽辞藻的束缚中解放出来，让人们看到好的文学和语言到处都有。这是 Oulipo 式的想法……" [32]

佩雷克对写作有着工匠情结，更加讲究工匠般的技巧："我很难构想故事。我没有凡尔纳或大仲马的想象力……我发现我需要从一个系统出发，不管这个系统是多么局限。" [33] 在这位产量丰富的作家眼里，文学创作是一门手艺，他经常强调写作靠的不是天赋，而是练习、研究、反复试炼。在与墨西哥作家豪尔赫·阿吉拉尔·莫拉（Jorge Aguilar Mora）的谈话中，他又一次重申了他的观点："我认为现在的问题是重新发明写作。我正是因此加入 Oulipo 的。我重申，我们是手艺人。" [34] 手艺人，意味着一再重复，意味着熟能生巧、精益求精，也意味着不断重新开始，每一次都是第一次，因为每一次开始都是打造新的对象，面对新的材料与形式、环境与要求，日久练就的技艺是保障，每一次注入的思考与创造力则为作品带来一再闪现的"灵光"。

自觉的 Oulipo 式文本

正如好友所讲，佩雷克在得知 Oulipo 这个团体之前，就对语言文字的实验怀有浓厚兴趣。他在 1966 年（加入 Oulipo 的前一年）发表的作品《院子尽头哪辆镀铬车把的小单车？》（*Quel petit vélo à guidon chromé au fond de la cour?* 后文简称"小单车"）就是一部充满语言实验与游戏的作品。这本书是佩雷克正式发表的第二部作品，并没有像其他几部作品那样广受重视和传播，但是它在作家的创作生涯中也具有不容忽视的重要性，尤其是作为佩雷克走上 Oulipo 道路的先声。

书的名字有些怪异，并且是个狡黠的玩笑，书中的内容几乎与那辆单车无关，除了小说人物之一 Henri Pollak 拥有一辆这样的单车之外。书中的"故事"相当简单，主人公名叫 Karamachin——他也叫 Karamanlis、Karawo、Karawasch、Karacouvé、Karatruc、Karaschoff、Karabinowicz、Karaphon、Karamagnole、Karaschmerz、Karagoergevitch、Karawurtz、Karastumpf、Karabine 等等。总之叙述者记不清这个人物到底叫什么了，因而在叙述中老是改换着他的姓氏，这个无处不在的人物每次出现时名字都不一样，每一次都是作者玩的一个文字游戏。这个年轻的主人公憎恶武器的冰冷，他不想入伍参加肮脏的阿尔及利亚战争，因此向他的朋友 Henri Pollak 求助，后者则与一群朋友想出各种办法帮助他逃避入伍。

　　这个简单的故事却颠覆了读者的一般阅读经验。作者在书中玩弄各种修辞方法和文字游戏，比如法语单词性数的多种变化，故意制造的语法、变位和拼写错误，还有许多生造词；每个人物都会在书中出现好几次，但是作者每次对他们容貌的描述方法都不一样，人物的不断叠加甚至让读者分不清主人公到底是谁。这样的手法让人想到格诺的《文体练习》（*Exercices de style*，1947）——用 99 种不同的方式讲述同一个故事，[35] 佩雷克自己也承认这次尝试是"围绕一个主题用尽我所知的所有修辞手法"。[36] 这种颠覆传统的叙事既给读者带来了乐趣，也带来了挑战。"小单车"很好地例证了佩雷克对于写作与阅读之间关系的理解——是读者与作者之间的游戏。佩雷克一直很喜欢侦探小说这种文学体裁，"小单车"和后来的《消失》一样，都披着侦探小说的外衣，但是佩雷克需要读者猜测的并非事件的真相，而是藏在字词当中的语言谜题。在书里作者时不时开个玩笑、设下陷阱，因此读者不能再以被动的姿态等着答案在书末揭晓，而是要亲身参与到破解谜题的游戏中，与作者展开一场智力较量。

　　最值得一提的是在"小单车"的末尾附有一份"索引"（index），作者按照字母顺序将自己用到的修辞方法列了一份清单——一份文学手法的索引：abrégé（缩写），adage（格言），alexandrin（亚历山大体），allusion（暗示），anaphore（首语重复法），antonomase（换称法），antonymie（反义），apocope（尾音节省略），calembour（双关），chiasme（交错配列法）……索引结束于字母 P，P 之后只写着"etc，etc.，etc."（等等，等等，等等），这无疑表示这份清单并未真正完成，作者故意省略了一些留待读者破解的修辞手法；有心的读者将列举停止于字母 P 看成佩雷克的签名方式（Perec 的开头字母）。其实在作者所列出的修辞方法中，有的是法语中常见的修辞，有的则十分生僻，有的确实在文中用到了，有的可能只是障眼法，有时列表中还会出现一些奇怪而好笑的概念，比如"不合适的比喻"（métaphore incohérente）。作者还诙谐地为一些修辞名称加上了简短注释，与读者开开玩笑：比如"到处都一点"或者"有没有呢"。

这第二部作品"小单车"与《物》的风格大相径庭（除了在时代背景上都涉及阿尔及利亚战争，从两本书中也可以看出佩雷克是多么反感这场战争），作者在采访[37]中也谈到，写《物》的时候他的文字游戏倾向还不明显，而在"小单车"中作者畅快地做了一次文字游戏，这种趣味的确与Oulipo的探索不谋而合。而且在一些读者看来，"小单车"书末的索引才是小说真正的实体部分。佩雷克用"索引"构建叙事的探索也可以说从这本书就开始了，后来我们在《人生拼图版》中看到的是更加繁琐且完全虚构的索引。

佩雷克与数学

正如前文提到的，Oulipo中有很多数学高手，这个团体成员的创作也非常倚重数学原理、计算公式等，他们想要"将没有被用过的数学概念注入小说和诗歌的创作"。[38]

佩雷克算不上数学高手，但是他经常在作品中用到或挪用数学上的方法或概念。在《我记得》中，佩雷克记得这样一件事："我记得各个数位上的数字相加得9的数字可以被9整除"，[39]这是佩雷克的又一次记忆错误，因为事实上是各个数位上的数字相加等于9的倍数（比如99可以被9整除是因为9+9等于18）的数字才可以被9整除。在后来的一些场合，佩雷克纠正了这一说法，并表示他经常用一下午的时间来验证这类定理。更为人称道的是《人生拼图版》的叙述结构用到了双拉丁方阵（bicarré latin）[40]，这个数学方程式也被应用于象棋游戏。在《人生拼图版》中，佩雷克设置了10乘10的方格架构，用走棋的顺序逐格（也就是一个个空间）讲述了一幢共十层、每层十个单位的公寓楼，这样总共描写到的空间单位数量便是10的10次方也就是100间，每一间对应书中的一章。

佩雷克的重要研究者伯纳德·马涅（Bernard Magné）在《佩雷克与数学》（Georges Perec et les mathématiques）[41]一文中曾点明，佩雷克并不是很喜欢数学，而且佩雷克的数学才能也不能与格诺或鲁博相比。因此在需要将某些数学方法应用于文本创作时，佩雷克会向同伴求助，比如为了写《消失》，他首先请鲁博写了一篇数学避字文；《人生拼图版》的结构创意其实是由 Oulipo 的另一位成员、图形理论家克洛德·博格提供的——在某种程度上，该书可算一部合作作品；而在这本书的内容部分，佩雷克还（错误地）重写了鲁博的数学论文的一个片段。在 Oulipo 其他成员的回忆中，佩雷克应用到文本中的很多数学结构场都是向他人借鉴的。

不过，佩雷克在很多作品中都在实践一种数学概念：穷举法（exhaustion）。穷举法[42] 简单来说就是对一个给定问题，穷尽所有可能的答案。佩雷克对这一数学概念的实践有种近乎偏执的喜好，一方面表现在他以拼图或七巧板（这两样也是他钟爱的游戏）做的类比：要完成拼图，就需要拿着一块拼图在不同可能的地方试验；另一方面体现在他总是渴望穷尽一种方式的所有可能，比如对避字诗的各种实验，也比如"穷尽巴黎某处"这种与时间和地点"较劲"的做法。

佩雷克作品所具有的百科全书性质的一面，也接近数学中的归纳和穷尽。佩雷克想在写作中用到语言中的所有词汇、语言的所有可能性，及其在数学理论上存在的所有潜在性。在数学领域归纳法的发现是为了找出数字的可能性，佩雷克则将这种方法用于穷尽语言的可能性，他的野心是"填满国家图书馆的一个抽屉，用到法语中的所有词汇，写出今天一个写作人能写的所有东西"。[43] 显然，佩雷克与数学家都没能实现这样的目标。

说到底，佩雷克"确实只局限于字母和词语的世界"："写作，对于我来说，是用一定的方式重新组织词典里面的词。"[44] 对数学知识的发现只不过启发他发现文字中的更多可能，"数字有让我着迷的地方，有些东西我很想知道，我想可以称之为'数字命理学'：数字的所有性质，素数、整除，等等"。[45] 在同一篇访谈中，佩雷克谈到自己对桥牌、扑克之类的竞技游戏只会一点点，对策略游戏也不在行，他曾学习过围棋，但是"我的围棋老师说我能成为一个差手，光荣的差手，条件是每天至少下两小时"。[46] 对于格外讲究文字符号与逻辑的密码术，他的表示是"一个锁的密码若是数字，我就完全不知道怎么解"。[47] 用他的采访者的话来说，归根到底，佩雷克"更喜欢一个人玩填字游戏"，在他看来填字游戏"代表了一种相当自主的活动"。[48]1976 年起，佩雷克为《观点》（Le Point）杂志编写每周的填字游戏专栏，后来他所编写的这些填字游戏还结集出版。[49] 佩雷克着迷于字母之间的排列组合，他喜欢一种叫做 anagramme（易位构词）的游戏，"随机找出一些字母，比如 ESARTINULOC，然后以其他方式组合得到一个单词，我们找到了 ULCERATIONS（溃疡）"。[50] 他认为这种游戏就是文学中的拼图。

佩雷克曾将自己称为 Oulipo 的一个产品，我们从上述分析中可以发现，Oulipo 对佩雷克的影响确实是深远的：集体性的讨论和实验将佩雷克从"一个人玩填字游戏"的世界拉向更开阔的领域，让他接触了更多需要互动的游戏（围棋是跟鲁博学习的，他们还曾创立围棋俱乐部），而团体中的各路高手也给他带来新鲜的信息和提示；反过来他也用自己的设想和尝试启发了团体中的其他人，为 Oulipo 的集体图书馆增添了举足轻重的收藏。

《消失》

佩雷克加入 Oulipo 后就开始了许多"动作"：1967 年，雅克·鲁博的第一本诗集出版，佩雷克与鲁博进行了一次为收录于书中专门而做的对话；1968 年，佩雷克完成了 Oulipo 式戏剧作品《加薪》(*Augmentation*) 的第一个版本；也是在这一年，他开始了小说《消失》的创作，并于次年正式发表了该作品。小说出版后迎来了褒贬不一的评论，有些人认为其文字难以消化、单调，认为佩雷克偏离了他从前的轨道，等等。但是佩雷克的好友马塞尔·贝纳布盛赞这部作品，称其为"罕见的实现了所有作家梦想的作品：写作与其对象的绝对一致"。[51] 杂志《文学半月刊》(*La quinzaine littéraire*) 则称"（佩雷克）的逆转终于让他成功脱去了从《物》开始被披上的社会学家的外衣"。[52]

《消失》这部披着侦探小说的迷惑外套的作品，讲述了一起失踪事件：一群人试图寻找他们失踪的同伴——主人公安东·伏瓦尔（Anton Voyl），却一再误入歧途，并引发第二起、第三起神秘失踪案的发生，大家越是试图找出事情的真相，危险似乎越是逼近每一个人……全书最大亮点就是通篇没有出现元音字母"e"，这是一种典型的"避字"游戏。e 是法语中被使用最多的元音字母，因此不用任何含有 e 的单词写作一本小说非常之困难，但佩雷克对于挑战限制规则的兴趣让他做出如此选择。这位有着手艺人情结的作家认为，将写作看成实践、工作、游戏，可以产生更让人满意的结果，取消一个字母相当于设定"零度"的限制规则，从这里开始，一切都有可能。此外，字母 e 是法语中阴性名词的尾字母，因此有人认为 e 的消失意味着女性的消失，这就关乎作者的身世——在作者童年死于纳粹集中营的母亲。

由于作者玩弄的种种文字游戏（不仅包含避字法，还有句法结构的发明、生造的新词等）的基础是法语的语法规则、构词方法，甚至语音语调，不仅不懂法语的读者几乎被拒之门外，而且要把这部作品翻译成其他语言甚为困难，甚至是不可能的，因而引发了不少关于翻译问题的讨论和研究。在西方语言（尤其是拉丁语系）中，作品的避字方式留有可探索的空间，作者本人似乎也曾给出过答案，在介绍避字法的文章中，佩雷克曾表示"在法语中写文章避用 a 是小儿科，但是在西班牙语里就非常困难，e 的情况刚好相反"。[53] 这多少提醒了西班牙语的译者可以用什么样的方式再现原文的风貌。但是对于中文这样的语言就不存在此种可行性。反过来看，佩雷克选择了避字方法，在某种程度上也是在做一种接近翻译工作的练习，为了避免用到 e，他必须找出其他的替代词或者改写句子，有时甚至不得不无中生有地编造。这种种情况都让《消失》成为一部谈的人多而读的人少的作品，佩雷克自己也曾感叹："对于《消失》人们谈论的不是这本书，而是其体系：这是一本没有 e 的小说，这一个定义就说尽了。"[54] 如果《消失》仅仅满足于 300 页的避字游戏，那么这个评价很准确。但实际上，避字游戏提出的是对文字的精细工作："我们从这里知道了，任何一个字的出现都不是偶然的"，[55] 这种对文字精雕细琢所制造的效果也不容否认。作者不仅是在实现一种限制规则形成的机制，也在努力创造新的文字生产力，要在书的构成元素之间创造新型的、复杂的整体关系。但是此一范例的生产性也值得质疑，因为《消失》虽为创举，却也因其技术上的特色成为孤本，复制无益，难以突破。进行纯技术上的模仿只能流于表面功夫。后来佩雷克换汤不换药的《重现》的问世，再无法引起《消失》一样的兴趣和轰动，甚至在某些评论者看来是个彻底的败笔，就是一个例证（Muriel Canas-Walker）。

　　有人认为《消失》及 Oulipo 的大批创作都既表现出法国文学以标新立异为特点的探索精神，又"表现出了某种钻死胡同的怪癖"。[56] 钻牛角尖、死胡同的癖好成就了《消失》一书，而且它的作者并不以此为苦，反而乐在其中，并希望邀请人同乐。因此，该书虽然是在限制规则下写出的，整篇虚构文字却用各种文字效果避免了单调，并且又一次用一系列游戏向读者提出了挑战。举其中一例，文中叙述了伏瓦尔的经历，他先后住过的地方有 Aubusson、Issoudun、Ornans、Ursins 以及 Yvazoulay。一方面我们发现这些城市的名字是按字母表中元音字母的顺序排列的（y 在法语中被视作半元音），而另一方面，围绕着每一个城市所发生的事件都跟首字母有关。伏瓦尔在第一个居住地选择的职业以 a 开头：avocat（律师），而在 Issoudun，伏瓦尔做的工作是普通法（Droit Commun），这里似乎并没有按照应有的字母顺序出现以 i 开头的职业名字，但是游戏的机关也在这里，读者要从读音上找到玄机，在法语表达中，有一个说法是"笔直（得跟 I 一样）"（droit comme un I），而 droit comme 与 Droit Commun 在读音上十分相近。而 Yvazoulay 是地图上不存在的地方，是个生造的词，制造这个地名不仅是为了完整文中的元音字母顺序表，也是一次读音上的游戏（该词的读音类似 il va où l'è，可以直译为"è 去哪了"）。[57]

作者几乎对文中的每一个词都做了不小的文章，每个词都可能是等待读者破解的谜面，而作者的用心在行文中也有所表述：（大意）没有一个词是偶然的，是纯粹意外的，是抄抄而已的，或所谓单纯的、啰嗦的，而正相反，每个词语都是经过严密筛选的，都是服从绝对标准的！[58]

作者在书中还对他所欣赏的作家们（托马斯·曼、卡夫卡、梅尔维尔、博尔赫斯等）进行了戏仿、重写、影射；也有对各种文体——科幻小说、古代神话、教育小说（bildungsroman），等等——的尝试。作者在向自己心仪的作家和作品致敬的同时，乐此不疲地玩味着"文学拼图版"。

佩雷克这番畅快淋漓的玩耍也把很多读者拒之门外，尤其是不具备法语知识的读者和厌恶文字游戏的读者：一些读者对真正的侦探情节的期待很可能落空，因为作者的重点不在破解案情，而是字谜。此外，尽管《消失》并非完全脱离当时的时代背景，人们甚至可以从 68 事件之后带来的虚无感、背叛感方向做解读，但是与之前的《物》和《睡觉的人》相比，《消失》中大量的文字游戏淹没了曾经更易于让人找到共鸣的个人经历或周遭世界，无法再用作者自身的不自在去唤起读者的忧虑——除了猜不出字谜的忧虑。很多对潜在文学的批评也都集中在这一点上，也有一定的道理，但是如果我们始终认为读者是被动接受的角色，就无法相信：其实潜在文学在提出文学形式创新的同时，也对文学的读者提出了更高的要求，要求读者的智力参与——读者也能参与创造，甚至可以改造原来的作品。正如学者朱迪思·古鲁布（Judith Gollub）所说，"潜在文学是一种协作（concertée）文学，要依靠读者才能完全实现。作者有意识地写出一部等待破解的作品，以此方式产生出第二部小说。"[59]Oulipo 成员雅克·本（Jaques Bens）也肯定读者参与对于"潜在"文学产生的重要意义："潜在的文学等待读者，渴求读者，需要他来完整地实现自身。"[60]

注释

1. 鲁尔·瓦纳格姆:《日常生活的革命》,张新木、戴秋霞、王也频译,南京:南京大学出版社,2008 年,第 264 页。

2. Oulipo, *adpf*, ministère des Affaires étrangères,2005.

3. "Raymond Queneau et l'amalgame des mathématiques et de la littérature", *Atlas de littérature potentielle*, Paris: Gallimard, 1981, rééd., 1988, p.39.

4. Oulipo, *Atlas de littérature potentielle*, Paris: Gallimard,1981.p.39.

5. George Perec, *Entretiens et conférences, Vol. 1. 1965-1978*. Nantes: Joseph K, 2003. pp.236-237.

6. ibid..p.237.

7. 这里是对主席 président 与创始人 fondateur 两个词做的一个文字游戏。

8. Oulipo, *Oulipo, Pièces détachées*,Edition mille et une nuits, 2007.pp.1-2.

9. Raymond Queneau, *Le Voyage en Grèce*, Paris: Gallimard, 1987, p.39.

10. *Atlas de littérature potentielle*, p.25.

11. 余中先:《OULIPO 的文学实验》,《读书》4(2001),第 96—102 页。

12. Warren Motte, *Oulipo, A primer of Potential Literature*, Dalkey Archive, 1998, Second printing 2007. p.3. 译文参考了瓦伦·莫特:《乌力波源起》,王立秋译,《乌力波》,北京:新世界出版社,2011 年,第 3 页。

13. ibid. 译文参考了瓦伦·莫特:《乌力波源起》,王立秋译,《乌力波》,北京:新世界出版社,2011 年,第 3 页。

14. 同上。

15. Oulipo, *Oulipo, La Littérature potentielle*, Paris: Gallimard, 1981, p.8.

16. 参看 Raymond Queneau, *Bâtons, chiffres et lettres*, Gallimard, 1965.

17. *Oulipo, A primer of Potential Literature*, op.cit., p.4. 译文参考瓦伦·莫特:《乌力波源起》,王立秋译,《乌力波》,第 3—4 页。

18. Oulipo, *La littérature potentielle*, Paris: Gallimard, 1981, p.21.

19. Pierre Bayard, *Le Plagiat par anticipation*. Paris: Éditions de Minuit, coll. "Paradoxe", 2009.

20. *Oulipo, A primer of Potential Literature*, op. cit., p.11.. 译文参考瓦伦·莫特:《乌力波源起》,王立秋译,《乌力波》,第 8—9 页。

21. Derek G. Schilling, *Mémoires du quotidien: les lieux de Perec*, p.142.

22. *Oulipo, A primer of Potential Literature*, op. cit., p.22. 译文参考瓦伦·莫特:《乌力波源起》,王立秋译,《乌力波》,第 17 页。

23. Hervé Le Tellier, "Intervenir dans l'espace public", http://classes.bnf.fr/ecrirelaville/ressources/oulipo.htm.

24. 参看 Raymond Queneau, *Zazie dans le métro*, Paris: Gallimard, 1959.

25. 同上。

26. Hervé Le Tellier, "L'Oulipo et la ville, une affinité naturelle", http://www.placepublique-rennes.com/2010/11/loulipo-et-la-ville-une-affinite-naturelle/

27. 这个标题是对 l'avenir est aux lecteurs(未来属于读者)这句话的异位构词(anagramme,将组成一个词或短句的字母重新排列顺序),标题大意为 "书是唯一的星辰"。

28. ibid.

29. ibid.

30. *Entretiens et conférences, Vol. 1. 1965-1978. op. cit.*. p.236.

31. Bénabou et Perec, "l'histoire d'une amitié,Entretien avec Marcel Bénabou", http://mexiqueculture.pagesperso-orange.fr/nouvelles6—benaboufr.htm.

32. 同上。

33. *Entretiens et conférences, Vol. 1.1965-1978.op.cit..*p.142.

34. ibid.p.188.

35. Raymond Queneau, *Exercices de style*, Paris: Gallimard,1947.

36. *Entretiens et conférences, Vol.1. 1965-1978. op.cit..*p.142.

37. *Entretiens et conférences, Vol. 2. 1979-1981. op.cit..*pp.111-117.

38. Oulipo, *Atlas de littérature potentielle*, Paris: Gallimard, 1981.p.22.

39. Georges Perec, *Je me souviens*, Paris: Fayard, 2013, p.78.

40. 来自 n 个部队的 n 种军衔的 n×n 名军官，如果能排成一个正方形，每一行，每一列的 n 名军官来自不同的部队并且军衔各不相同，那么就称这个方阵叫正交拉丁方阵。欧拉猜测在 n=2，6，10，14，18……时，正交拉丁方阵不存在。然而到了 20 世纪 60 年代，人们用计算机造出了 n=10 的正交拉丁方阵，推翻了欧拉的猜测。现在已经知道，除了 n=2、6 以外，其余的正交拉丁方阵都存在，而且有多种构造的方法。参见百度百科。

41. Magné Bernard, "Georges Perec et les mathématiques." *Tangente*. Num. 87.2002, pp.30—33.

42. 当问题的所有可能解的个数不太多时——列举出该问题所有可能的解，并在逐一列举的过程中，检查每个可能的解是否是问题的真正解，若是，就采纳这个解，否则抛弃它。在列举过程中，既不能遗漏，也不能重复。参见百度文库。

43. Bernard Magné, *Romans et récits*. Paris: La Pochothèque, 2002.p.12.

44. *Entretiens et conférences, Vol. 2.1979-1981. op. cit.*, p.115.

45. ibid.p117.

46. ibid.p113.

47. ibid.p116.

48. ibid.p115.

49. Georges Perec, *Les Mots Croisés*, Paris: P.O.L, 1999.

50. *Entretiens et conférences, Vol. 2. 1979-1981. op. cit.*, p.112.

51. *Entretiens et conférences, Vol. 1. 1965-1978. op. cit.*, p.105.

52. ibid.

53. Georges Perec, "Histoire du lipogramme", in *Oulipo, La littérature potentielle, op.cit.*, p.87.

54. *Entretiens et conférences*, Vol. 2.1979—1981.op.cit.,p.63.

55. "On sait trop qu'ici pas un mot n'a dû son apparition au hasard", Georges Perec, *La Disparition*, Paris: Gallimard, 1989. p.127.

56. 余中先：《OULIPO 的文学实验》，《读书》4（2001），第 96—102 页。

57. 参看 Marc Parayre, LA DISPARITION: Ah, le livre sans e!, *FORMULES*, No.2,1998. http://www.formules.net/revue/02/index.htm

58. "il faut, sinon il suffit, qu'il n'y ait pas un mot qui soit fortuit, qui soit dû au pur hasard, au tran-tran, au soi-disant naïf, au radotant, mais qu'a contrario tout mot soit produit sous la sanction d'un tamis contraignant, sous la sommation d'un canon absolu !", *La Disparition, op. cit.*, p.127.

59. Judith Gollub, "Georges Perec et la Littérature Potentielle", *The French Review*, Vol.45, No. 6 (May, 1972), pp.1098-1105.

60. 雅克·本：《乌力波人格诺》，林晓筱译，《乌力波 2》，乌力波中国编，北京：新世界出版社，2014 年，第 13 页。

第三章
"次普通"实践种种

报纸什么都说，就是不说日常生活（journalier）。我觉得报纸无聊，不能告诉我任何东西，它们所讲述的事情跟我无关，不会提出更不会回答我提出或我想提出的问题。

真正发生的事情，我们所经历的事情，以及其他的，所有其他的，在哪里？每天发生的事情每天都在重复，平淡的，日常的，一目了然的、平常的、普通的、次普通的、身外之物、寻常之物，怎么讲述它们，怎么质疑它们，怎么描述它们？

向寻常提问。但我们恰恰对寻常事物习以为常。我们不向它提问，它也不向我们提问，它似乎不构成问题，我们不假思索地经历它，好像它不带来问题也不带来答案，好像它不承载任何信息。甚至这不再是习惯，而是麻痹。我们的生命睡去却没有梦境。但是我们的生命，它在哪里？我们的身体在哪里？我们的空间在哪里？

[············]

要被提问的是砖、混凝土、玻璃、我们的餐桌礼仪、器皿、工具、我们的时间表、我们的节奏。去问那些从未让我们惊奇的事物。当然，我们生活，我们呼吸，当然，我们走路，我们开门，我们下楼梯，我们坐在桌子前吃饭，我们躺在床上睡觉。如何？哪里？何时？为什么？

——乔治·佩雷克，《次普通》（*L'infra-ordinaire*）[1]

上述引文来自出版于 1989 年的佩雷克文集《次普通》中的

第一篇文章《研究什么？》（Approche de quoi ?）。这本文集收录了佩雷克生前发表在各报刊杂志上的八篇文章。这些非虚构类的文字可以被看成佩雷克对日常生活的研究、发明和创造，特别是用文字实践对"次普通"这一概念做出的细致阐释。"次普通"这一说法最先由文化批评家、建筑师保罗·维利里奥（Paul Virilio）提出，用以指那些"几乎不被权力者或历史行动者所在意的意义与熟悉事物的迷宫"。[2] 提出这一概念的时间背景正是 1972 年：这一年维利里奥与佩雷克以及社会学家、人类学家、戏剧批评家让·杜维那 (Jean Duvignaud) 一起创办了一份名为《共同事业》（Cause Commune）的杂志。从曾为这份杂志撰稿的作者名单上（除了三位创办人，我们还看到安东南·阿尔托、马歇尔·麦克卢汉、亨利·列斐伏尔等人的名字）不难看出，这份杂志是法国文化史上不可抹杀的一笔，也是佩雷克的一项非常重要的、最具社会性的日常生活实践。

走向一种日常生活的方法论

《共同事业》

"我们推出了一个杂志：《共同事业》。我们三个人：维利里奥、佩雷克还有我。我们不是想做指挥或指导，只是想将圈子越扩越大，最终把我们的同道中人都囊括进来"，[3] 让·杜维那，当年《共同事业》的主编之一，在回忆时如此讲述杂志的创始初衷。创始人们希望这本致力于"次普通研究"的杂志成为一个"开放讲坛"（tribune ouverte），[4]"用人的眼光望向土地上的人们"，[5] 继承十年前的另一本杂志《争论》（Arguments）[6] 的"独特的质疑精神。"[7] 这本在意识形态上典型的"后 68"式杂志，"从左派的立场出发，分析日常文化，质疑作为西方社会运行基础的思想和信仰"。[8]1972 年至 1974 年间，《共同事业》杂志共发行了 9 期 (只有前两期如计划以月刊发行)，佩雷克曾六次撰文。1974 年 5 月，Denoël 出版社决定终止该杂志的出版；1975 年该杂志在著名出版商 Christian Bourgois 的"10/18"书系中复刊，其后以专题形式共发行 6 期，有两篇佩雷克的专门撰文。前面引用的《研究什么？》最初发表于《共同事业》的第五期，是一份"日常生活的人种社会学（ethnosociologie）计划案"。[9]

"日常生活的人种社会学"道出了这份杂志的定位，在创刊词中，创刊人以集体的名义表述道：

我们为什么做着我们正在做的事——而不是做别的——或

者什么都不做？这个持续的疑问应该引导我们的实践。

《共同事业》不是一本杂志：它是一个向所有想要努力参与的人开放的论坛，一个研究和讨论的地点，这里不强加任何特殊的意识形态，也无任何关于找寻绝对找不到之物的教条……

它的出版提出以下目标：

找到作为我们的文明、文化运作之基础的思想和信念的根源并提出疑问，尽所能做一部当代人的人类学。

寻找能够形成新的现代政治批评的元素，不再受制于20世纪的偏见和传统人文主义。

从各个层面对日常生活展开调研，调研那些通常被忽略、被压制的层层褶皱和洞穴。

分析那些用来满足我们欲望的物品——艺术品，文化作品，消费产品——研究它们与我们的生活、与我们共同经验的现实之间的关系。

超越教条主义、派别意识形态和话语，修复关于态度和理论的自由讨论。

向争论主题、卷宗之中，加入在经济和社会现实各地带记录的文献和收集的各种信息。批评界应该知道被我们的"社会"和我们的"文化"轻易隐藏在图像背后的东西。

自从1956年埃德加·莫兰（Edgar Morin，法国社会学家、哲学家）创办杂志《争论》以来，又一代人已经产生。问题在今天已经不同，我们的集体经验所提出的要求也不同了：法国社会分化了，我们的文化瓦解了，机制被掏空，我们甚至不能再说自己是虚无主义者，因为我们就生活在虚无主义之中。事实上，一直存在的只有对想象性创造的焦虑和对知识的诉求。而努力做激进批评，或许是留给我们唯一的坚实阵地。

要耐心地找到思想自由的源泉，要重建一种非好也非坏的意识的权利，但只是意识……

《共同事业》的编委会是可更换的。它向所有陌生人的参与开放，并且定期交流文章和资料。[10]

建立真正的关于当代人的人类学，描画出"尚未被转化为观念的真实生活"[11]带着这样的使命，杂志开始在 Denoël 出版社的支持下走上轨道。1973年2月发行的《共同事业》以"次—日常/次—普通"（l'infra-quotidien/l'infra-ordinaire）为主题。维利里奥在他发表于这一期的《行动的失败》（La défaite des faits）一文的第一段，首次正式提出了"次普通"这个概念。这一期杂志包含的三篇相关论述，作者分别是三位创办人——让·杜维那、维利里奥和佩雷克，佩雷克的《研究什么？》是这期的发刊词。德里克·席林认为"次-"的说法受到了历史学家费尔南·布罗代尔（Fernand Braudel）的启发，布罗代尔曾用"次经济"（infra-économie）[12]一词指称隐藏在可见市场底下的经济体，一个"不透明的地带，因缺乏足够的历史文献而难以被观察"。[13] "通过造新词'次日常''次普通'，《共同事业》……将自己彻底至于习惯话语之下，发起关于知识的真正的阈学（bathmologie）[14]……" [15]

诚如席林所说，"《共同事业》这群人的重要贡献之一，就是在去殖民化和世界文化趋同、人们从此生活在无法回避的当代性（contemporanéité）所带来的地缘政治明显改变的状况下，重新定义人类学的意愿" [16]。在发表于第四期杂志上的一篇由三位创办人及民族学家、社会学家乔治·巴兰迪尔（Georges Balandier）共同参加的对话中，巴兰迪尔指出，人类学家比社会学家和哲学家占有更优的位置来观察现代性，因为人类学家"1. 准备好了去抓住最不自在的事物，没有直接意义的事物，他必须进行诠释才能找到最深层的意义……2. 因为人类学家一直执着于我们所谓的消逝的意义，也就是一个社会或一个文明的历史所被冲走的最深层的东西"。[17]巴兰迪尔认为只有人类学家的视角可以将现代化的社会从幼稚的自恋中解放出来，维利里奥则说："人类学、社会学真的触及了社会吗？所有人都知道没有……是否可能产生某些类似造型艺术风格的社会学样式？我们所描绘的社会图像不能是经历过美学变化的文化图像吗？就像我们对现实的认识在看过一幅画、一座雕塑后经历的转变那样？" [18]《共同事业》的使命并非做当代考古，而是准备一种更贴近人类学家工作的知识，一种真正触及了社会现实的新的知识样式，而不做现代生活的同谋。这种新的人类学，当代人的人类学，用让·杜维那的话总结，就是"深入无限的当下之井我们才能发现别的事物。这是我们要去征服的"。[19]

然而杂志的运营并非一帆风顺，两年后 Denoël 出版社就决定终止这项合作。几位创办人并未放弃，他们在《世界报》上发表了一份声明：

> Denoël 出版社领导层终止《共同事业》的出版……
> 这本杂志致力于社会分析、日常生活批判以及意识形态争论，自 1972 年 5 月起发行。但是出版社从未给杂志的编辑工作拨过任何预算。
> Denoël 领导层选择在 5 月 19 日（Valery Giscard d'Estaing 当选共和国总统的日子）不做任何解释地取消这本让他们为难的杂志让人震惊。当然，我们将用其他更加有力的方式继续我

们的出版。但是，在如此意义重大的政治决定面前我们需要
自问：

——当前的统治阶层权贵会接受多少独立批评？商业出版
社又自认有多少独立性？

——我们是否该考虑，从此，作家应该违背将他们与传统
图书市场捆绑已久的契约？

在新的技术论官僚做出的这个匆忙但重大的决定面前，或
许适合考虑一下更好的交流方式。说到底，Denoël 出版社的决
定对我们是个样本……

> 让·杜维那、乔治·佩雷克、保罗·维利里奥以及《共同
> 事业》编委 [20]

政治气候的宏观变化会在社会生活的不同层面引起波澜或
涟漪，也就是佩雷克所说的"这个国家，这座城市，这个街区，
这条路上的人过自己的生活的可能性"，[21]《共同事业》出版的中
断是其中一个例证。虽然后来在 Christian Bourgois 这家独具慧
眼的出版社的支持下，杂志又得以延续了一段时间，最终它却
还是只能成为一套历史文献，未能延续到更近的当下。这也戳
穿了这样一个现实：日常生活总是面临宰制与束缚，持久的、
抵抗式的实践并非难在发起，而是难在持续——突破多变的、
层层的阻碍，调整策略，保持旺盛的信心。一个集体项目的终
止并不能判定实践的终结，个体的实践可以策略性地转移，在
任何地方重新开始。

佩雷克的"日常生活社会学"

《共同事业》给了佩雷克一个梳理自己关于日常的思考的机
会，"一个让他沉浸于具体事物、客观观察、与当代的日常拉开
距离——这一开始就是他文学事业的基础——的框架"。[22] 发表
在《共同事业》上的《研究什么？》恰是一份日常实践的计划
方案，他在文中明确解释了如何对日常进行工作，具体的方法
是什么：

> 向那些我们已经忘记来由、看上去如此理所当然的事物提
> 问……找到出乎意料的事物……
> 描述你们的街道。描述另一个街道。对比一下。
> 清点一下你们的口袋、背包。问一下取出的每件物品的来
> 源、用途和未来。

问问你们的小勺子。

你们的壁纸下面有什么？

拨一个电话号码需要几个动作？为什么？

为什么杂货店里找不到烟？为什么不能有烟卖？

……问题怎样零碎都无关紧要……我觉得它们重要正是因为它们看上去琐碎和无意义……[23]

这是佩雷克提出的向"次普通"索要答案的方式，也是他的日常社会学方法论。吉尔伯特·阿戴尔（Gilbert Adair）（也是《消失》的英文译者）在《第11天：佩雷克的次普通》（The Eleventh Day: Perec and the Infra-ordinary）的开篇写道："次普通这个词本身就是个谦卑的新词，很容易被辨认出它是'非同寻常'（etraordinary）的反面和否定"。[24] 与其说"次普通"是非同寻常的反面，不如说它是"不同寻常"之外的其他（other），更接近列斐伏尔所说的剩余物或残渣（résidue）。

我的日常性（quotidienneté）"社会学"不是分析，而只是描述的尝试，尽可能详尽地描述人们从未看到的事物，因为人们身在其中，或者以为自己身在其中，过于习惯，因此对其一般没什么可说的：比如，数一数马比荣（Mabillon）十字路口经过的车辆，或者司机离开车时做了哪些动作，或者行人拿着刚买来的报纸的不同方式。这是一种习惯的渐渐摆脱（déconditionnement）：要努力把握的并非讲述事件或重大情况的官方话语，而是潜藏在下面的、次普通的、构成我们日常生活每一时刻的身外之物。[25]

瓦伦·莫特一语中的地指出，佩雷克所界定的"日常生活的社会学……是一种描述的意图"。[26]

我们从最早的《物》中已经看出佩雷克尽可能详尽地描述事物的尝试，那时他或许还没想到"日常生活的社会学"之类的说法，但无疑已经确认这就是他所认可的现实主义方法。无论对待虚构类还是非虚构类作品，佩雷克所践行的都是他早年就认定的现实主义文学，而在瓦伦·莫特看来，现实主义除了是出发点，也是佩雷克的实践方法所达到的必然结果："随着他对知觉机制的专注……甚至通过更为细致的观察，唯一的结果就是更加细致的现实主义描述。"[27] 现实主义是无限地贴近现实，它既是前提，也是方法，既是态度，也是目的；除了现实，没有别的途径进入日常生活，除了现实，对日常生活的"探险"也不会抵达别处。

佩雷克的几项"空间实践"

> 每个人都应该说出他所途经的道路，十字路口和路边长凳。每个人都应该起草一份关于失落的田园的地籍册。
>
> ——加斯东·巴什拉[28]

"空间种种"

《空间种种》（*Espèces d'espaces*）成书于 1973—1974 年，是佩雷克受保罗·维利里奥之托所写，后者意图与 Galilée 出版社合作一套"空间批判"书系。[29] 佩雷克将这本书形容为"空间使用者的日记"（le journal d'un usager de l'espace），它"是对一个人在应对空间时的思考，不管是一个小块儿的空间，还是一座城市这样的空间，不管是一个房间，还是乡村空间，以及空间这整个大的概念"。[30] 作者不仅在书中汇集了自己对空间的观察与理解，还提到了几个自己正在进行的与空间相关的创作计划，在研究佩雷克的"田野"实践的时候，这本书提供了重要的参照，下文将做出更详细的介绍和分析。在这里我们先来对这本书进行大致的了解。

作者在前言中写道："这本书的对象不是空的空间，而是空间周围的、空间里面的事物。"[31] 作者所着意的空间并非宇宙、星球这些宏大而抽象的概念，而是与我们的生存息息相关又常被人所忽略的人的空间。佩雷克又一次用向寻常提问的目光对"空间"及空间里的"次普通"事物发问："我们生活于空间。我们生活在这些空间里，这些城市、乡村、走廊、花园里。我们觉得理所当然……但这并不是理所当然的"；"并非有一个空间……而是有许许多多小块的空间，这块可能是地铁的走廊，那块可能是个公园，另一块可能最初面积很小，如今变得巨大，成为巴黎"；"还有一块，要大得多，大致呈六角形，周围由一圈虚线围绕，在里面的一切被涂上紫色，它叫做法国"。[32] 因此，作者总结道："空间数目众多，分成一块块的，各式各样。今天的空间有各种大小和各种类型，有各种用途和功能。生活，就是从一个空间来到另一个空间……"[33] 从空间维度理解日常生活，是这本书提供给读者的一个最具启发性的视角，让人们重新发现了平日里惯于忽视的房屋、街道、行人，进而重新看待自身的存在。它不带有强烈的批判色彩，无意对制度、规划、权力提出挑衅，却也接近德·塞托的观念——空间是被实践的地方，行走、阅读、写作也在构成空间。当然佩雷克不是在进行理论化写作，而是用更为具体的示例告诉人们，空间并非我们平常以为的那样，不仅空间可以由我们的主体性重新划分，而且，在被宰制的用途之外，空间的用途也有无限潜能。无论从认知还是从行动方面，作者都提供了具有参考价值的范例。

为了对空间进行描述，作者首先按照自己的理解将空间分类。做分类是佩雷克非常喜欢的"游戏"，对他来说，对世界分类，是为了了解世界。他不仅给自己的创作划分了四个大类型，还经常尝试做一些小的分类游戏，比如依据形状、用法、颜色、材料给雨伞分类。[34] 佩雷克去世后出版的第一本文集正以《思考／分类》（Penser / Classer）命名。书中收录的佩雷克曾发表于报刊杂志的，借观察、记录、存档、分类为名所写的短文，多少都是作者对于事物分类的尝试。在《动词 habiter（居住）的几种用法》中，作者归纳了动词 habiter 的各种表达法；另一篇《小记整理书的艺术》则提供了整理书架的分类法：依据书所占的空间大小、依据字母顺序、依据出版国家、依据书的颜色、依据购买时间、依据出版时间、依据语种，等等。作者甚至还细分出一类"并非书却经常能在书架上看到的东西"[35]：相片、画稿、干花、明信片、珠子……文集收录的最后一篇文章与书同名，也是佩雷克生前发表的最后一篇文章，它是作者的一次思考练习，也是分类心得，文中充满各种怪异的分类和对自己时不时的提问：我如何分？我如何想？

在《空间种种》中，作者依照前言中提及的由小及大的思路，以自身这个"我"为参照点，归纳了几种空间形态，这些空间形态之间的关系犹如俄罗斯套娃，一个套住一个，容纳的范畴层层递进，却始终装着"我"，毋宁说这是作者生存经验的空间形态展示：纸页—床—房间—单元房—公寓楼—马路—街区—城市—国家—欧洲—世界—宇宙。

佩雷克的空间描述首先从一张纸（page) 开始。在书的前两页，作者利用版式设计（在纸的不同位置书写，用字母排列成不同形状，等等）提示纸上所能形成的空间形态，纸上"本来什么都没有，或者几乎什么都没有；然后有了些小痕迹，几个符号，但是已经足以划定上和下，头和尾，左和右，前和后"。[36] 以写作为终身事业的作家出于对纸页的特殊敏感，将之视为一种空间："我写：我住在纸页里，我倾注于此，我走过这里。我制造了空白，空间（意义的跳跃：断续，段落，换行）。"[37] 接着我们跟随作者从纸页来到了作为空间的床，作者的理由是："人们通常尽可能利用纸的所有面积，对床也如此。"[38] 在"单元房"（appartement）部分，作者对单元房做出两个定性："1. 每个单元房都由数目不同但同样有限的房间组成；2. 每个房间都有其特殊功能"。[39] 这是一种建筑上的概念，作者本人也说"单元房是建筑师建的，他们对哪里是入门厅、哪里是卧室……都有清晰的概念"，但是"它们从来不止是些方块……至少都有一扇门，通常都有一扇窗；我们装上暖气取暖，配有一两个电源插座……总之，每个房间都是一个可延展的空间"。[40] 这种延展性又可以用潜在性的概念来解释：佩雷克认为空间的使用和延展是个函数（fonctionnel）变量："这种函数依据一种单值的、序列的、昼夜的程序变化：日常活动与时间阶段相对应，每个时间阶段与单元房的各个房间相对应。"[41] 房间的这种参数化对应的是被规训的日常生活的单一、机械和景观化。在看似被无形规则所宰制而日益机械化的日常生活中，其实隐含着许多德·塞托所揭示的策略性运用，变量的数字会产生空间的延展，而决定变量之改变的却是人本身。

在"公寓楼"（immeuble）一章，佩雷克提到了写《人生拼图版》的计划："我想象一座外立面被揭去的巴黎公寓楼"，[42] 也说到将会用 10×10 的拉丁方格形式谋篇布局。最为有趣的是他提到这种写法的灵感来源之一，是索尔·斯坦伯格（Saul Steinberg）的一幅画《居住的艺术》（*The Art of Living*）。这幅画的左侧是一座没有外立面的公寓，其他部分则表现前侧的墙壁被剥离，观者看到男人女人各自忙前忙后的情景。这幅画后来也成为口袋版（l'édition de poche）《人生拼图版》的封面。佩雷克详细地清点了这幅画上的内容：三间浴室，三个壁炉，六个灯架，十个成年女人，六个孩子，两条狗……在《人生拼图版》中，叙述者瓦莱纳（Valène）也有一个绘画计划，就是画出那栋楼里所有的套房和其中的居民以及他们的物品。

在书的末尾，作者表达出一种悲观情绪："我的空间都是脆弱的：时间会用尽它们，摧毁它们：一切都不复从前，我的回忆背叛了我，遗忘浸满我的记忆，我看着边缘破损的泛黄照片却认不出它们……"[43] 佩雷克用种种记录和书写试图留住回忆（或许正如许多研究者指出的，童年的经历、父母的缺失让佩雷克对回忆既依赖又充满怀疑），然而他深知空间随时间而变，没有任何空间是稳定的，"空间如同指间沙般消散。时间将它带走，只留下支离破碎的信息"，[44] 书写是佩雷克对抗时间，对抗遗忘的方式："写：试图小心翼翼地留住些什么……在一些地方留下痕迹、标记或一些符号。"[45] 或许这就是佩雷克能够对日常生活孜孜不倦、乐此不疲的动力来源：他的一切行动都是指向自身、回归自身的，个人的主体性也正是通过日常生活文本的不断书写被不断重新塑造。

"地点计划"

地点是"拥有物质实体、形式、肌理和色彩的具体事物的集合"。

　　　　　　——克里斯蒂安·诺伯格－舒尔茨（Christian Norberg-Schulz）[46]

在 1969 年 7 月写给出版人莫里斯·纳多（Maurice Nadeau）的信中，佩雷克提及自己的工作计划是"一个庞大的自传集合，会由四本书组成"。[47] 这些书中的第一部将取名"地点"（Lieux），是一项要持续 12 年的长期计划；另一本书《树》（L'Arbre），以佩雷克的家谱为起点；《我睡觉的地方》——一本房间目录；以及《W 或童年的记忆》，当时的计划是一本历险小说。这四本"要写的书"只有一本以原计划的名字问世了，那就是《W 或童年的记忆》，"地点"计划在进行六年后被作者中途放弃，"树"和"我睡觉的地方"在 1982 年 3 月作家去世时仍未被完成。

关于地点计划，佩雷克在信中这样描述："我在巴黎选择十二个地点，有街道，有广场，有十字路口，它们都跟记忆、事件或者跟我生命的重要时刻有关。每个月我描绘其中两个地点，在第一个地点现场（在一个咖啡馆里或就在街上）描述'我的所见'，尽可能做到客观，我会列数商店、建筑物细部、小事件（消防车经过，一个妇人拴好狗后走进猪肉店，搬家、海报、人，等等）；对第二个地点，我在随便什么地方（在我家或者在办公室）描述我对这个地点的记忆，我回想跟这里有关的事物，我认识的人，等等。"又及"我从 1969 年 1 月开始，那么会在 1980 年 12 月结束……这个项目我还没想好名字，可以是 Loci Soli 或者 Soli Loci，或者就干脆叫做地点"。[48]

在出版于 1974 年的文集《空间种种》中，佩雷克提及了这个当时已经在进行之中的项目："这些描述完成时，我会将它们放进一个信封，用蜡封起来。"[49]"有几次，我让一个男性或女性摄影师朋友陪我去我描述的地点，他按我的指示或者按自己意愿拍下一些照片，我不会看这些照片（只有一次例外）便直接将它们塞进信封；我有时候还会往信封里塞各种日后可能成为证物的东西，比如地铁票、消费小票、电影票、广告单等"。[50]

佩雷克将这个计划的时间周期制定成十二年，同时选择十二作为地点的数量、规定每个月完成两个地点的描述，也是出于一种数学游戏的考虑——前文曾提及的拉丁方块："首先，一年中每个月写到这些地点中的一个，其次，绝不会在一个月里描述同一对地点……持续十二年，直到每个地点都被描写了$2×12^2$次。"[51] 按照作者的计划，最后将共有 288 篇相应的文本产生，而这样做的目的是见证"衰老"："我期待的，实际上不是别的，而是三种衰老的痕迹：地点本身的衰老，我的记忆的衰老，我的写作的衰老。"[52]

可惜的是这项计划并未如期持续十二年，在 1975 年中断后便不了了之。佩雷克将封存文本及物品的信封分表标注了"真实"（réels）和"回忆"（souvenirs）字样，其中"真实"的部分文字后来曾发表在一些杂志上[53]（值得注意的是，在这些文字被正式公开发表之前，佩雷克都对原始文字进行过反复修改）。坚持十二年的困难不难想象，但是已有的"成果"已经是佩雷克对"次普通"事物的一次珍贵的调研，也足见佩雷克感受事物的细腻，更留下了《空间种种》《尝试穷尽巴黎的某处》（Tentative d'épuisement d'un lieu parisien，1975 年首次发表在《共同事业》杂志上）这些既有文学价值又有"社会学"价值的文本。这些关于空间、物品、小事件之经验的文本，既是对空间与地点的讨论，也是它们的再现形式。地点计划整个漫长的过程不断游走于列斐伏尔所说的三重空间——被实践的空间、被想象的空间、被再现的空间，不断重塑人在空间中的路径。

对一个地点经年变化的记录常见于摄影，很多摄影师会定期到同一个地方拍摄以发现和记录变化的过程，更有一些大型的摄影项目带着地理学、社会学的学术目的采用此方法，例如法国的《天文台》（Observatoire）杂志从 1992 年开始的项目，每年派同一个摄影师前往同一个地点拍摄。而在更早之前，莫奈已经在不同时间里的不同光线下描绘鲁昂大教堂，更近的则有佩雷克的地点计划。佩雷克选择的与自身经历息息相关的地点包括：朱诺（Junot）大街——他的姑母贝尔斯（Berthe）一家曾居住的街道；圣安娜大街——佩雷克曾两度暂居于此；马比荣路口——他与妻子博莱特（Paulette）曾经闲逛的地方；圣路易岛，这里居住着他后来的一位爱人苏珊·利宾斯卡（Suzanne Lipinska）……

维兰街（Rue Vilin）是佩雷克出生并度过了生命前六年的地方，他对这条街的怀念让他将这条街列入入选的十二个地点当中，由此诞生了《维兰街》一文。文章是对这条街的六次描述。对佩雷克来说，重复（répétition）与差异完全不是矛盾的两面，相反，正是重复带来了差异，让差异变得可见。1969 至1975 年间，佩雷克每年重访一次这条在都市更新的大潮下面临拆迁的老街。他每年来此逐门逐户地细细观察已封闭的门窗、倒闭的商店，褪色的招牌，摇摇欲坠的墙壁……[54] 每次到访，他都问自己：除了变老了，还有什么改变了？回答是："很多东西都没有明显变化或变质（文字、标牌、喷泉、地面、长椅、教堂，等等），我坐的是同一张桌子。"[55] 但还是有些东西变了："昨天，我桌前的人行道上，有一张地铁票，今天没有了，在差不多的地方，有一张糖纸……"[56]

六年间的重访，观察同一些房子，走过同一条人行道，佩雷克用脚步、眼睛和手中笔丈量着一个地点的变化，为写作进行"采样"和"现场勘查"；六年里他见证了这条街的拆迁过程，见证的也是日常生活的凋敝与重建。许多年后，导演罗贝尔·鲍勃（Robert Bober）为纪念作家乔治·佩雷克拍摄了纪录片《重上维兰街》（*En remontant la Rue Vilin*）。导演别出心裁地凭借 500 多张记录过去情景的照片，像做拼图游戏一样将这条已经完全消失的街道复原了出来。

摄影作为记录媒介相比于文字更为方便，也更直接，但是佩雷克更依赖文字媒介，并相信写作会随着时间的流逝跟地点一起衰老："时间附着在这项目上，成为结构，也成为限制规则。"[57] 时间与空间密不可分的关系或许会让我们想到巴赫金所提出的时空体（chronotope）："时间的标志要展现在空间里，而空间则要通过时间来理解和衡量。"[58]

"地点"计划被看成一种"内心的神话学"（mythologie intérieure），[59] 用细致的观察破译（déchiffrer）巴黎的一个个地点："努力去写无趣的东西，最明显的东西，最普通、最乏味的东西。"[60] 用时间探索空间，是佩雷克乐于使用的方式，他还将这一方法赋予他笔下的人物。在《人生拼图版》中，巴尔特布斯（Bartlebooth）不是也有一个类似的计划么：在二十年里，每半个月画一张尺寸相同的水彩画，画遍世界上所有的海港。从 20 世纪 60 年代末开始，人文地理学主张空间应是充满人的意义、价值、情感、符号的空间，地理学家段义孚（Yi-Fu Tuan）把恋地情结 (Topophilia)[61] 引入地理学，用于表示人对地方的爱恋之情，指出人的感官——视觉、听觉、嗅觉，皆会以不同的方式感知身处的环境。"正是身边这些丰富的现实，而不是远处冷冰冰的图像，丰富了我们的大脑，使我们意识到我们不仅仅是作为世界的观众而存在——我们已被深深地植入它的色香味等一切性质中了。"[62] 在段义孚的定义里，一个地方（place）是社会与文化意义的载体，主观性与日常生活体验是建构地方最为重要的特征。而佩雷克用他的实践计划也正是在证明这一点：地点的意义只在于人们赋予了什么。他为他所钟爱的地点所赋予的正是他自身的生命经验，又用写作赋予这些地点另一层意义——被阅读的意义。在《空间种种》中，佩雷克引用了亨利·米肖（Henri Michaux）的一句"我写，是为了走过"[63]借以道出他写作的全部目的。

佩雷克的许多研究者都格外看重佩雷克的"地点"计划，德里克·席林就认为《空间种种》和地点计划建立了一种倾斜的知识模式，菲利普·勒热内则认为地点计划是佩雷克1969至1975年间所有写作的母本（matrix）。麦克·谢林汉姆提出，该计划也是佩雷克所发明的介入日常生活的新方式的母体。[64]无论如何，地点计划都是一项实践的范例，实践的目的不是为了形成某个作品——不以展示为目的，而是在实践当中不期而遇的种种可能性，它们有些已经从潜在变为现实，有些还藏在信封之中，但无论暴露与否，它们对于佩雷克之外的人也能产生一种提示：时间和空间怎样成为日常生活的度量。

尝试穷尽巴黎的某处

一个男人经过：他推着辆手拉车，红色。
70路经过。
一个男人看着Laffont的橱窗。
一个女人等在"La Demeure"对面，站在一把长椅旁边。
马路中间，一个男人在拦出租车（停靠点没有出租车了）。
86路经过。96路经过。Tonygencyl的快递员经过。
Malissard Dubernay的运输车快速经过。[65]

这是1974年10月的里一天，佩雷克坐在巴黎16区的圣叙尔皮斯广场（Saint-Sulpice）上所记录的一段场景。这个片段来自佩雷克与地点计划有些类似的另一个小型计划：穷尽巴黎的某处——圣叙尔皮斯广场。佩雷克要用三天的时间列一个详细的清单，记录行人、实物（objet）、经过的车辆，微小的事件（micro-évenement）："我在接下来的文字中将要描述的是……那些我们一般不会注意的，那些不显眼的事物，没什么重要性的事物：什么都没发生时发生了什么，除了时间、人、汽车和云。"[66]虽然他的描述看起来容易，但实际上该计划是一项审慎而具体的工作，也是一种无法取巧的工作：三天里，佩雷克在圣叙尔皮斯广场不同的位置分别停留一个半到两个小时做记录。

第一天，1974年10月18日，共四次观察记录，中间休息20—30分钟；第二天，10月19日，三次观察，每次观察时间相当；第三天，10月20日，两次观察。跟地点计划一样，佩雷克的这个实地项目以时间为限制规则，但是不同于前者拉长的时间轴，这次任务的规定时间十分紧张，这也让此规则显得更为苛刻，因此这并不是一项轻而易举的工作，"休息""疲劳"等字眼也常出现在文本当中："现在是四点零五分。眼睛疲惫。词语疲惫。"[67] 在星期六下午的最后一次观察中佩雷克写道："我坐在这里已经有四十五分钟没有写字了……我斜视着经过的鸟、人和交通工具。"[68]

佩雷克在现场记录的内容，还包括掠过眼底的各种文字：广告、标语、指示牌、汽车上的数字……在佩雷克眼里，这些分散、细小的信息与承载它们的人或物品同样重要，在这些文字间的密度形成了另一种都市中的空间，因此，城市是一个待破译的文本。[69]

佩雷克所做的是一项忠实记录现实的工作，是一项细致的誊写工作。时间流逝，生活与我们擦身而过，但是进入这份记录，就是佩雷克强迫我们跟他一起坐下来，花时间去经历那些时刻。虽然他的方法类似对一个特定的地理语境和给定的社会空间进行介入式的观察（但并非人类学或社会学意义上的，也不是如今当代艺术中的流行做法），但他不会向读者呈现任何结论或自己推导出的规律。当他如实记录的所有现实汇集成篇时，日常生活的本质会自然地从字里行间浮现出来。观察的视角随着每次选择的位置变化稍有调整，光线也随着时间变化而不同，此情此景又一次让人想到塞尚和其他印象派画家的工作方法。

写作《尝试穷尽巴黎的某处》的行动如同人类学家的"田野调查"，佩雷克所探求的，是所谓关于日常生活的当代人的人类学知识。这种知识似乎只能靠这样一种看起来相当艰苦的工作获得——在很长一段时间里坐在同一个地方，写下所见到的一切。19世纪的"漫游者"（flâneur）在游荡中观察，此时此地的佩雷克也如同一个漫游者，但他不是盯着拱廊下的橱窗，而是尽可能将面前的所有细碎之物收进入眼底，记录于笔下。他不是用游荡做出抵抗的姿态，而是用长时间的坐立表达谦卑。但是他和本雅明所歌颂的那些漫游者一样：街道即他们的现场。对佩雷克来说，要拼凑出知识，摆脱城市法则的束缚，破译新的空间，首先要做的就是巨细靡遗地记录一切，必须"穷尽"他所置身的这一地点。正如佩雷克在《空间种种》中所写到的，对"次普通"的实践工作就是要"专注"、要"花时间"，要"穷尽主题，就算主题看上去很宏大、很琐碎，很蠢"。[70]

如何穷尽主题？除了这种苦行般的现场记录行为，还有前文提到过的佩雷克所痴迷的制作清单、索引等方式。这些执着的行为源自一个清晰的认识：即使是圣叙尔皮斯广场这样一个有限的空间，也是一个无法被穷尽的空间，甚至记录正在发生之事的一小部分都不可能。因为日常生活是流动、变化的，看似日光之下无新事，其实它是我们每次踏进都不尽相同的那条河流，穷尽的做法是拒绝随波逐流，是明知不可为而为之，因而是抵抗的、革命的姿态。这种姿态的基础是观察，这看似简单的小事却日渐遭遇危机，当消费社会为我们的视觉体验带来琳琅满目的选择，当大众媒介的强劲传播带来资讯的爆炸，当流水线的生产方式让我们的行为愈发不假思索，注意力日渐成为稀缺资源，也就面临着在（居伊·德波意义上的）景观（spectale）的迷惑陷阱之中沦丧的危险——我们不知道该看什么、该如何观看，继而在例行公事般的生活中变得什么都看不到，那么我们作为主体的存在在哪里？格诺在小说《麻烦事》（Le Chiendent）中借主人公之口说出了"当我看见世界，我才开始存在"，[71] 道破了"看"这件小事之于我们的日常存在是何等重要。而佩雷克亲身的观察与汇报则提示人们："事物并非藏在暗处，而就在最明显的地方。"[72] 要发现它们，需要的是回到最纯粹的"看"，好奇心不泯地看，不做任何预设与推测地看，让每一次投去的目光都像是第一次发出看的动作。

　　前文提到过的佩雷克在马比荣十字路口的经历，其实是一次更为疯狂的实地观察记录行为。这是佩雷克参加的一次电台节目的直播："我坐在马比荣十字路口，身旁的小卡车挂着麦克风，我说出我看到的一切：汽车开过赛邦特街（Rue Serpente），下雨，有人打着红伞出门，另一个人的伞是蓝色条纹的，63 路车开过，车身上有一串广告，86 路车身上是另一批广告……持续了六个小时，中间时不时停一会儿……很多人打电话来问是哪个疯子在玩这种游戏……"[73] 大概极少人会认为这个疯子正在写作，可对他本人来说，这是一种十分激进的写作行为，也是他最为熟悉与认可的写作定义：不是"文学"名义下的矫情，而是工作方式与过程本身，是亲身经过的时间与空间，是真正的叙述，对空间的叙述与实践。德·塞托认为叙述的工作组织起"地点与空间之间关系变化的游戏"，[74] 佩雷克则认为："与城市游戏，或许是一种奢侈。"[75]

　　"为什么要数公交车？"佩雷克自问。"或许是因为它们容易辨认且有规律可循。它们切断时间，为背景声音增添了节奏：至少它们是可以预见的。剩下的都是随机的、不一定发生的、无序状态的，公交车经过是因为它们必须经过，而我们无法预料后面跟着一辆小轿车，还是跟着一个挎着印有'不二价'标志的袋子的人。"[76] 与此同时，公交车不仅"切断时间"，也分割空间：84 路到尚佩雷门（porte de Champerret），84 路到马尔斯广场（Champ-de-Mars），96 路到蒙帕纳斯车站……在《空间种种》中，佩雷克向公交车线路提问："为什么公交车——是从这里到那里？是谁选择的线路，依据是什么？回想起来，巴黎的公交车用两位数来规定，第一个数字指代市中心的终点站，第二个数字指代郊区的终点站。找出这样的例子，找出例外……"[77]城市的公交车网络形成了一个宰制系统，但是在这样的系统下，混乱、例外却随时会出现——假如一辆公交车没有按照规定的线路行驶，假如闹起了罢工（正如扎姬所遭遇的）……佩雷克着迷于都市空间的有序与无序，有序无序所织就的动态网络为他提供了游戏空间，他不仅可以不动声色地穿梭其间，更有可能成为改写某一时刻的网络图景的小小因子，因为我们本身构成了这些有序与无序，改变这些状态的潜能也在我们身上。

"回忆"与"伪记忆"（pseudo—souvenir）

前文提到过，佩雷克在施行地点计划期间，每次都会将写好的文字封存于标有"真实"或"回忆"字样的信封，"真实"被部分地发表出来过，而"回忆"被公开得甚少。但是综观佩雷克的写作，回忆对于他来说却是如此重要，一方面因为这是个人情感、身份确认的途径，在诸如地点计划这样的实践中，对事物、景物、空间的描述毋宁是主体在不断构建自己的记忆；另一方面，佩雷克在地点计划中所选择的地点都是与自身经历密切相关的地点："他自己的生活便是现代城市人类社会学可就近考察的最重要的对象。"[78]回忆是日常经验的重要维度，也是佩雷克不断作用于其上的对象。但是，回忆具有浓重的主观色彩，心理学也承认，人在回忆的时候会无意地篡改曾经发生过的事。而古往今来为人们熟知的回忆录哪一本不存在虚构成分呢？无论是夏多布里昂的《墓畔回忆录》（*Mémoires d'outre-tombe*），还是马尔罗对谎言毫不遮掩的《反回忆录》（*Anti-Memoirs*）。佩雷克也不要求回忆具有科学意义上的真实性，他欣然将回忆看成一个同样具有潜在性，可以制造、可以杜撰、可以发明的场域，因此许多他所称的回忆虽然都有"伪造"嫌疑，却同样是一种具有参考价值的创作方式。

关于"我睡觉的地方"

佩雷克在《空间种种》中提到另一个计划：对他睡过觉的地方做"尽可能详尽而准确的盘点"。[79]这是他又一项未能完成的计划，虽然他曾在通信、访谈以及《空间种种》中多次提及这项计划，讲述过进行的方法，甚至估算过进度。这项计划同样只留下了一些零散发表的文章，包括：《空间种种》中的"康沃尔地区的罗克的房间"（La chambre de Rock en Cornouailles）、"三个被重新发现的房间"（Trois chambres retrouvées），[80]——此文后被收录于《思考／分类》，以及另一篇较少为人所知的"我最美的圣诞记忆"（Mon plus beau souvenir de Noël）。[81]

同样是在给莫里斯·纳多的信中，佩雷克提出了这个计划，并说这是"一个很老的计划了"：[82]"我睡觉的地方将会是一个关于房间的目录，细致的回忆将描画出一部晚祷书式的自传"。[83]他对这项计划的最初打算，也是一方面描述地点本身，另一方面描述由地点勾起的回忆。但是最终，我们发现这项计划似乎被拆分成了两个部分，一个就是前文所述的"地点"计划，另一个则是并非预先打算过的，于 1973 年出版的《暗铺，124 个梦》（La Boutique obscure. 124 rêves）。

毫无疑问，在《空间种种》中的"房间"一章里，有一段名为"正在进行的工作片断"[84]的文字，它告诉了我们关于"我睡觉的地方"这个主题最多的信息。他这样描述这个回忆工作："我有一份独特的记忆，我相信也是非常神奇的，那就是记得所有我睡过觉的地方……我只需要在我躺下的时候，闭上双眼，稍稍跟某个特定地点对应一下，几乎马上能想起房间的所有细节，门和窗户的位置，家具的摆设，更精确的是，我几乎会有重新躺在这个房间的身体感受。"[85]

佩雷克真的有超强的记忆力，可以记得曾经住过的房间里的每个细节吗？《康沃尔地区的罗克的房间》描述的是佩雷克 18 岁的夏天在英国住过的一个房间："打开门，几乎马上看到左侧的床。这是个很窄的床，房间也非常小（床比门宽几厘米，不会超过一米五），而长度比宽度多不了多少。沿着床过去，是一个小衣柜。最里面是一扇（上下）移窗。"[86]

但是我们很快就在文字中见证了佩雷克的记忆开始模糊，对所描述之物开始不确定："右边是桌面为大理石的梳妆台，有一个脸盆和一个水壶，我不觉得我用过很多次……我几乎确定左边的墙上正对着床有一张印刷复制品：是什么画不重要，但可能是雷诺阿或者西斯莱……地板上铺有亚麻油毡。没有桌子，也没有扶手椅，但可能有一把椅子，靠左边的墙上：我睡觉前把衣服扔在上面；我想我没坐上去过，我来这个房间只为了睡觉。"[87]

佩雷克对记忆的失真从来不以为意，因为正如他在《空间种种》中所写的那样："房间对我的作用正像普鲁斯特的那块玛德莱纳蛋糕。"[88]因此"只有身体躺在床上的体感确认，这是对床所在方位唯一的确认，激活了我的记忆，让我的记忆拥有一种敏锐度，一种以其他任何方式都不能获得的确定性……鲜活程度让我惊讶……"[89]回忆的产生依赖知觉（视觉、听觉、触觉、嗅觉）之间的通感，日常生活的每一个细节都有可能触发某种感官的回忆。普鲁斯特的回忆联系着耐人玩味的情感经验，佩雷克的回忆则更倾向于一种文献性，如同测绘得来的数据，总是由个人化的积累到达一种社会化的显现。

根据丹尼尔·康斯坦丁（Danielle Constantin）的研究："'我睡觉的地方'的相关资料包括五十几页。尽管先后顺序不是很清楚，但还是可以比较容易地根据类型学对其分类整理，1. 睡觉地点清单；2. 一些房间的平面图；3. 一些文章的开头（也就是写作草稿）。"[90]这项对睡觉地点的清点虽然散乱，而且佩雷克没有坚持下去，却成为他从 1975 年起开始准备的《人生拼图版》的重要素材——《人生拼图版》中的叙事就是用一栋公寓楼的各个房间组织起来的，如此之多的房间怎能不依赖之前对各种房间的清点和描绘练习。因此，保罗·利科（Paul Ricœur）认为佩雷克所进行的是一项"回忆练习"；[91]德里克·席林则称之为"人工记忆的考古学创造"。[92]亚里士多德有一种观点：要回忆事物，只要记得事物所在的地方就够了。这样看来，空间或者地点，可以是回忆的基底，而清单、文字、甚至草图，是这项练习的辅助工具。因此如同佩雷克的许多回忆一样，它提供给我们的并非珍贵的历史资料或者出众的场景描写（相反，这些描写几近枯燥），而是一套可自行实践的方法。同时，对于测绘、清点等方法的有效性，佩雷克也有清醒的认识："我知道，如果说我分类、清点，那么总会有些事情介入并扰乱这种秩序……"[93]

《暗铺，124 个梦》

弗洛伊德对梦进行心理阐释，超现实主义者视梦为预兆，佩雷克却为了做梦而造梦，为了写梦而做梦，创造出了这本梦的杂货铺（boutique）。《暗铺》一书是佩雷克唯一后悔出版过的书，[94]因为它的形成不同于其他作品，并非源于文学计划，最初只是给自己订下的一个日常惯例。

佩雷克在这本书里记录了自己在 1968—1972 年间做过的 124 个梦，以字母顺序排列将这些梦写了下来。这些梦有些对应着历史事实——68 五月事件、1972 年的慕尼黑惨案等；有些梦则是虚构的故事，有些梦甚至根本不是梦——"《暗铺》中的很多梦并不是真的梦，但我想达到的是梦的修辞，不做任何诠释。"[95]梦成为佩雷克进行修辞试练的又一个场域，他所要做的是穷尽对梦的表达，而非对梦做精神分析："不做任何诠释"正是在反对精神分析——"本来就没有精神分析。只有贴地气的生活，我们在《共同事业》中称为身外之物（le bruit de fond）"。[96] 因此，作者不忘加入各种字谜——比如梦的标题，还列了个详细的索引，甚至画了不少图案，完全将记录梦的任务变成苛刻的文学和智力游戏，而随着游戏的进行，正如作者在书的前言中所写："我意识到很快我就变成为了写下来而去做梦。"[97] 这似乎反而印证了潜意识与梦的关系。

这本书也让人发现，发表了《物》和《睡觉的人》之后的佩雷克在写作风格上发生了明显变化。对此，佩雷克也并不否认："我很艰难才发表了《物》，当成功出乎意料地来到，我不知做什么好了……我度过了一段空白的日子……我感觉走入了绝境。"[98] 因此，这本书的书写承载着一个过渡阶段，甚至可算是作者在迷茫时期为排遣失意而强制执行的练习。

该书一出版，雅克·鲁博就在《文学半月刊》上评论道："这本书在昏暗中寻找的是什么？当然不是个人的记忆，因为个人的轶事被双重覆盖了：对梦的掩饰和写作的掩盖（二者混杂在一起）。"[99]

然而，佩雷克却也曾亲自表示："《暗铺》是一部非常具有自传性的作品：它讲的是一个分手的故事"，[100] 所以这本书也有"黑夜自传"（autobiographie nocture）之名。根据大卫·贝洛斯和菲利普·勒热内两位传记专家的研究，《暗铺》的写作时间段正是佩雷克与女友苏珊·利宾斯卡分手的时候，这段感情关系的破裂与该书的写作有着直接关联。[101]

按照埃里克·拉瓦莱德（Éric Lavallade）的统计[102]，佩雷克在 CNRS 的同事曾出现在编号为 30、65、72、87、90、123 的梦中；佩雷克作为档案员所接触到的科学和医学术语则出现在 15、30、36、53、55、77 和 95 号梦中；梦中频繁出现的 Z 对应的是佩雷克刚刚分手的女友苏珊·利宾斯卡；佩雷克的好友马塞尔·贝纳布、让·杜维那等诸多名字都曾出现在梦中。而根据传记的记载，佩雷克写下这些梦期间，正值居无定所、生活拮据之时，因此他的梦中出现了找公寓、收到支票等情景；佩雷克在"地点计划"中选择的几个地点，尤其是维兰街，也反复出现于梦中。正如埃里克·拉瓦莱德所说，梦总是与个人生活密不可分，佩雷克的梦也以他的日常生活为素材。但是鲁博点出了佩雷克对素材的处理方式：覆盖。或许是出于在写作中对精神分析的抗拒，佩雷克拒绝直接的抒情或叙述自身经历，而是用"写作"掩盖掉情绪，并且通过写作—修辞，将私人的记忆转化为可以分享的公共事物。在《暗铺》的后记中，社会学家罗杰·巴斯迪德（Roger Bastide）写道：“一个人写下他的梦并且跟读者交流，是将夜里的独白变成对话，让夜晚变成一家‘铺子’，也就是向公众、向客人开放的屋子，而不是封闭的房间。于是梦成为人与人交流的地点。”[103] 克洛德·布尔格林也做出过与鲁博相近的判断，称佩雷克写作梦的方式是花招（ruse）、面具（masque），而且作者并没有掩饰这一点：“揭露花招也是一项花招。”[104] 近似的评价，克洛德·布尔格林也用在了佩雷克另一部“伪自传”性作品《我记得》上。

《我记得》

关于《我记得》（Je me souviens），回忆是我试图让被遗忘的事物再次浮现时所勾起的回忆，一种有意识的回忆（anamnèse），也就是遗忘的反面。这是项费心的实践：在写字台前、咖啡馆里、飞机场或者火车上，我试图回想一件不重要的事情，平淡的、过去的事情，而我一旦想起，就会引发一些东西……我努力回忆，强迫自己回忆。我跟自己说：想想看关于吃的主题，关于体育的主题，一首歌，类似“假日记忆”的主题……[105]

乔·博雷纳德（Joe Brainard）是一位美国视觉艺术家和诗人，1970 年，他出版了一本《我记得》（I Remember，New York，Angel Hair），随后在 1972 年出版了《我还记得》（I Remembeer More，New York，Angel Hair），1973 年他又出版了一本《我还记得更多》（More I Remembeer More，New York，Angel Hair）以及《我记得圣诞节》（I Remember Chrismas，New York，Museum of Modern Art）。1975 年，乔·博雷纳德将所有这些“我记得”系列结集成一本书，再次以《我记得》为名出版（New York，Full Court Press），书中的每段话都以“我记得”开头，全书包含约 1500 多条这位艺术家所记得的内容。1970年间，Oulipo 成员哈里·马修（Harry Mathews）对佩雷克说起了乔·博雷纳德的这项创作：“乔治对乔的这个主意感到着迷。这个形式在他看来如此简单，却从没有人用过。于是他开始了一个同样类型的计划，但是，在看过博雷纳德的一本书后，他有点失望：他以为乔跟他一样是针对集体回忆进行创作的。”[106]的确，乔·博雷纳德在上千条的“我记得”中透露的更多的是他的私人经历，包括性经验，用了近似社会学的视角。而佩雷克的意图正如他在后记中的说明：“试图找回几乎被遗忘的、不重要的、平常的、共同的记忆，就算不是所有人的记忆，也是大多是人的（记忆）"。[107]

　　1976 年，佩雷克的前 163 条 "我记得" 发表在《路途手册》(Les Cahiers du Chemin) [108] 上；1978 年，《我记得》的第一版在 Hachette 出版社正式出版，包含了 480 段以 "我记得" 开头的短句（其中最后一条画了一个图形——"我记得地铁上的这个标志"），并以 "共同事物"（Les choses communes）为副标题。作者在书的前言中特别提到乔·博雷纳德对他的启发；在书的封底上有作者对这本书的进一步阐释：

　　　　这些'我记得'并非真正的回忆，尤其不是个人回忆，而是日常的小碎块儿，某一年里同龄人一起经历过、分享过，后来又消失、被遗忘的事物：它们不值得被纪念，配不上进入历史，也无法跻身关于全民人物、征服者或天王巨星的记忆。但是它们在几年后会回来，完整而细小，出于偶然或由于某个夜晚我们和朋友一起搜寻了它们：这是我们上学的时候都知道的事，一个冠军，一个歌星，一个初露锋芒的女演员，一首每个人嘴边都曾哼过的歌，一次抢劫或者成为日常生活重大事件的灾祸，一本畅销书，一桩丑闻，一句口号，一种习惯，一个说法，一件衣服或者它的穿着方式，一个动作，或者更加细小、更微不足道的事物，完全稀松平常，却神奇地脱离了它的无意义，在某一刻，引起了几秒钟不易察觉的怀旧之情。[109]

　　尽管从书的内容看，佩雷克又表现出了一些自相矛盾之处：一是有些记忆出了错（这是情理之中的）——罗兰·布拉瑟（Roland Brasseur）发现了 47 处错误；[110] 二是有些 "记忆"，比如 68 事件，并非如他所说是微不足道之物、不能进入历史的事件。佩雷克也意识到书中的错误，他写道："我知道《我记得》里到处都是错误，那么我的回忆就是假的！这也是人生与说明书之间的差别，我们制定的游戏规则和真实生活的爆发之间的差别，它不断吞没、摧毁这项整理工作，也幸好是这样。"[111]

　　然而这样一种实践的启发性不容否认——庆祝无意义（但不是米兰·昆德拉式的用出离的视角悲悯地看人间闹剧，相反，佩雷克是充分投入生活的，投入到觉得连最 "无意义" 的小事都具有奇妙的意义），收集日常生活中那些比普通还要普通的事物突然在记忆中闪光的一刻，这些闪光时刻可能在大多数人身上随时发生——"把地铁票递给检票员，他会在上面打个孔，没人会在意的！现在如果有人知道了这本书，这件事就成为记忆的一部分。"[112]（《我记得》中的 185：我记得地铁票上的孔。）

如果说《暗铺》的出发点非常个人化，那么《我记得》正是为了分享而写："我可以将这本书称为一本'热情'之书，我的意思是它对读者热情……它可以成为一个回忆辅助品，因为它是被分享的"。[113] 菲利普·勒·热内将《我记得》称为一块所有人的玛德莱娜蛋糕，因为它是一个引子，触发所有人的思绪；德里克·席林则认为，《我记得》参与的是对"符号帝国所遗留的"记忆的后现代再运用。[114]

这种可分享性更明显地体现在写作的形式上，"我记得……"的句式在后来成为一种经典写法，被许多人用来书写回忆，更不用说在佩雷克去世后，用这样的句式来纪念他成为一种恰当的致敬方式。比如佩雷克在 Oulipo 的同僚雅克·本斯（Jacques Bens）在 1997 年仿照佩雷克的句式写了一本《我忘记了》（*J'ai oublié*）。[115] 佩雷克认为每个人都可以书写的自己的"我记得"，因此，无论是 Hachette 出版社的第一版，还是 2013 年 Fayard 出版社的再版，《我记得》的正文之后都按照作者要求留出几页空白纸页，让读者添加自己的记忆。这种记忆和写作训练经久不衰，我们随时可以用这样的方式写上几句：

　　……

　　10 我记得表弟亨利的一个朋友在准备考试时整天都穿着睡衣。

　　……

　　84 我记得米歇尔·布托出生于 Mon-en-Baroel。

　　……

　　122 我记得阿涅斯·瓦尔达曾是国家人民剧院（TNP）的摄影师。

　　……

　　147 我记得纽约的一条街叫东京大街。

　　……

　　259 我记得戴高乐掌权后做的第一批决定里有一项是取消制服上的腰带。

　　……

　　477 我记得地铁南北线的车厢跟其他线路的车厢不大一样。

　　……[116]

《W 或童年的记忆》

这部小说一直被视为佩雷克最具自传性的作品，其写作时间与《我记得》的进行有所重叠。"我还写了一本自传叫《W

或童年的记忆》，这本自传作品是围绕着一种独特记忆组织起来的，对我来说，这些记忆被深深遮蔽、深深掩埋，甚至可以说被否认。问题是我要绕开这种与自己的故事相关的方法，于是在几乎同一时间写了《我记得》。这两条路并非完全平行，但在某处有聚合也都出于同样的需要：好好看过一样东西才能把它放好。"[117]

《W 或童年的记忆》被许多佩雷克研究的专家（勒热内、伯纳德·马涅等）视为了解佩雷克整个创作的关键，佩雷克也曾说这本书是他"最为重要的作品"。[118] 这种重要性不仅来自于这本书强烈的自传性质，更来自于标新立异的自传写法。这是一本回忆性文字与虚构文字交替出现的书，全书分为两大部分：第一部分的奇数章节是虚构文字，也就是以小说为体裁的部分，偶数章节为自传；第二部分顺序刚好相反，奇数章节为自传，偶数为虚构。在书的排版上，自传部分用正体字，虚构部分全部为斜体字排版。在书的封底，作者这样介绍这本书：

> 这本书是两篇简单交替的文字：可能看上去它们彼此互不相干，但其实它们错综复杂地交缠在一起，如同二者无法单独存在，如同只有它们遥远地彼此映照才能揭示单独一篇从来完全无法说出的事物，只能靠它们脆弱的交汇。
>
> 其中一篇文字是纯粹的想象：它是一部历险小说，是任意而精细地再现一个孩子的幻想，一座被奥林匹克思想统治的城市。另一篇文字是自传：片断叙述一个身处战争时期的孩子的人生，关于人生成就与回忆的惨淡叙事，由散乱的碎块组成，缺席，遗忘，怀疑，假设，细枝末节。反而关于历险的叙述却有一种宏大，或许也有些可疑。因为它从讲述一个故事开始，突然间转入另一个故事：这种中断、裂痕正是这本书最初的来处，那些省略号紧随这断线的童年和写作。[119]

"历险小说"的第一部分讲述了这样一个故事：一个幼年丧父的年轻人避居德国并获得了一个假身份：加斯帕·温克勒（Gaspard Winckler）。一次偶然的机会让他得知，真正的温克勒是一个聋哑儿童，他的母亲凯西莉亚（Caecilia）在带着他远航时，在南美洲的火地岛附近遭遇了惨重的海难。船上所有遇难人员的遗体后来都被发现，却唯独不见温克勒。假冒温克勒的主人公于是受邀一起搜寻真正的温克勒的下落。在第二部分，发生了作者所说的"断裂"，寻人的故事戛然而止，第一人称的叙述变成了第三人称，以"在世界的尽头，可能有一个岛。它叫做 W"[120] 为开头，讲述了另一个故事：这个火地岛附近的 W 岛上有四个村庄，它们都被一种"奥林匹克思想"所统治，居民的生存遵循冷酷的体育竞赛规则——胜者为王，他们不停地与同村及邻村的人进行各种体育比赛，完全活在一个奥林匹克赛程的世界。正如许多读者都能感受到的那样，这个"体育社会"影射的正是纳粹集中营。关于为何用奥运会作为隐喻，佩雷克自己也做出过解释："我一直对体育机制里的……极度有组织、极度好斗、极度压抑感到震惊……最初让我感到纳粹世界与体育世界相似的图像来自丽妮·里芬斯塔尔（Leni Riefenstahl）的电影《赛场之神》[121]……还有慕尼黑奥运会上的慕尼黑事件之类的……本该是一场体育的节日、身体的庆典，却成了一出非常政治暴力的戏剧……也非常种族主义……"[122]佩雷克幼年失去双亲的不幸，让纳粹成为他心中"既无法回忆、也无法忘却的东西，一种对忘却的强迫性记忆。"[123] 他在自传部分的最后一章描述了对这种挣扎反复的执着："几年里面，我描绘苛待身体、面貌非人的体育运动；我细致描绘它们无休止的争斗；我固执地列举那些没完没了的排行榜。"[124]

但是这种暴力机制并非只在记忆中不散，佩雷克也并非只是在控诉童年遭遇的不公，《共同事业》的创办不正是为了揭露资本主义消费社会下仍旧在运作的专制和暴力么？在库布里克的电影《发条橙》里，佩雷克看到了"暴力是唯一的制度""集中营不是、也从未是特例，它不是一种疾病、缺陷、畸形，而是唯一的真相，对资本主义的唯一合理呼应"。[125] 在访谈中他也一再提到："日常生活中几乎也有集中营。比如法国的移民劳工，他们的生活条件并非一个系统性歼灭人类的机制，而是一个慢慢歼灭、摧毁人类的机制……这尤其与一种西方思想相关，不承认有不同的人……"，[126] 以及"集中营是一种思想逻辑推向……极致的体现……它存在于日常当中，然后突然间全面入侵"[127]。

体育社会的隐喻其实是对现实的细致描摹，那些被细致描述的游戏规则就是现实世界里的游戏规则。克洛德·布尔格林就说："W 代表今天的核心政治集团……如果说 W 最终落实到非常清晰的纳粹噩梦的画面，那么它象征的是所有极权机制，尤其是资本主义系统，法西斯只是推向极致的可能性之一"。[128]

W 岛的故事其实是佩雷克童年时代编织的一个故事，在书的最后，也是自传部分的结尾，作者写下这样一段话："我忘记是什么原因让我在十二岁时选择了将 W 放在火地岛，皮诺切特的法西斯分子与我的幻想最终产生了共鸣：今天，火地岛上的好几处小岛仍是流放集中营。"[129]

在自传部分，作者一开头便先承认："我没有童年的记忆。"[130] 后来又一次重复："和所有人一样，生命的最初几年我已忘得一干二净了。"[131] 正如作者所说，这份自传是由散乱的碎块拼凑而成的，"这本童年自传从对一些照片、摄影的描述开始，它们像是接力棒，是对待现实的一种方法，我承认我没有童年的记忆。"[132] 亲人、学校、维兰街……作者的"记忆工作"跟其他的记忆练习一样，是先被一个点触发，进而努力回忆，回忆中时常萦绕着不确定性，不确定性的一大体现便是文中被大量运用的注释，它们被用来"削弱或动摇正文中信息的可靠性……有的注释的长度超过了正文，里面包含了更多的关键信息。这样，佩雷克的写作便不再仅仅是一个结果，而是有了一个时间维度，变为正在进行的一个过程"；[133] 这些回忆又部分来源于其他回忆工作，诸如"地点计划""我记得"，等等。回忆正是因为不断复现、不断被重述而存在，而每一次复现和重述都让历史和现实在当下重新生成一次，重新获得意义。这仍是佩雷克所坚持的现实主义小说——对现实细致的描摹，从琐事、被遗漏的细节、次普通的事物中看到现实的真相。安德烈·斯蒂尔（André Stil）认为这本自传"意味着最为淳朴的现实主义意愿"，后来我们才会懂得"在微小细节中和在宏大事物中一样，都可以错开现实去描摹生活的真相，它的无稽之谈"。[134] 让·杜维那则将这本书看成"一本陷阱书，既是告解也是虚构，既是面具也是揭示"，[135] 他认为这本书与《空间种种》一脉相承："佩雷克不是在向回忆发问"，而是"识破我们的生命在这个时而被拉紧、时而被缩紧的世界上的生活痕迹"。[136] 可以说这本书是佩雷克这样一个意愿的实现："有一天，我会开始用词语揭开真实的面纱，用词语揭露我自己的真相"。[137]

其他"次普通"游戏

> 所有日常性都与穿的、吃的、旅行、时间安排和空间探索有关。其他的都未被言说……就算被重新纳入虚构创作，也可以用其他的方式：字典，百科全书，想象，限制规则系统……
>
> ——乔治·佩雷克[138]

243 张彩色明信片

《次普通》一书收录了一篇形式非常特别的文字，那就是《243 张彩色明信片》（Deux cent quarqnte-trois cartes postales en couleurs véritables）。这篇文字最初于 1978 年发表在以艺术和幽默为主题的杂志《疯子说》（Le Fou Parle，1974—1984）上。作者以给朋友写明信片的方式（这个朋友正是在 70 年代成为

Oulipo 成员的、《看不见的城市》的作者卡尔维诺），完全虚构了 243 张明信片文字：

我们住在阿贾克肖附近。天气非常棒。吃得很好。我晒坏了。吻你。

……

没有故事的旅行。我们在凡尔赛的汽车旅馆。事物非常棒。遇见了些有趣的人。吻。

……

我们穿越了爱尔兰。天气很好。真舒服。想念你们的晒伤！

……

我们在英格兰。安静地休息。会去海边。我还骑了马。我们想你。

……

Karlsbad 旅馆纪念。舒服的疗养。饭菜精致。我瘦了一点。非常想你。

……

我们寄宿 Iglesias。阳光明媚。晚上也在户外吃饭。百千思念送给你和你的家人。[139]

为什么明信片的数量是 243 张？既然明信片全部是虚构的，那么这些虚构从何而来？贝纳德·马涅经过研究为我们揭示了佩雷克的"配方"。[140]

首先，这些明信片的数量又涉及一个 Oulipo 式的数学组合游戏。游戏的大前提是这样一个设定，通常明信片的写法包含 5 个要素：

地点——（对该地的）想法——玩乐之事——提及（某事）——问好。

而其中每个要素又大致对应三大类型的事物：

（地点）：	城市	地区	旅馆
（想法）：	天气	午休	晒太阳
（玩乐）：	食物	海滩	休闲
（提及）：	中暑 / 晒伤	做了哪些活动	遇见了什么人
（问好）：	吻	想念	返回

用一个简化的表格说明如下：

A1	A2	A3
B1	B2	B3

C1	C2	C3
D1	D2	D3
E1	E2	E3

　　一般明信片上的第一项和最后一项要素是固定的，而其他三项是可以随机变化的。因此，纵向顺序为五，横向的三项如果在每种组合中都出现一次的话（A1B1C1D1E1/A1B2C1E1D1/A2B1C1D1E1……），最后得到的组合数就是 3 的 5 次方也就是 243 种可能性。我们从上面的引文中可以发现相应的不同组合方式。

　　有了规则，还需要有素材。拿地名来说：佩雷克按照字母表的顺序，搜集了 81 个城市、81 个地区、81 个旅馆的名字，也就是 243 个关于地点的选项。在地点的表达方式上，佩雷克也准备了 9 个在组合变化中不断交替的表达法：

　　—　Nous campons près de…　我们住在……附近
　　—　Nous avons atterri à…　我们到达了……
　　—　Nous voilà à …　　　　我们在……
　　—　Une lettre de…　　　　来自……的信
　　—　Un grand bonjour de…　来自……的问好
　　—　Nous voici à…　　　　我们这里是……
　　—　Un petit mot de…　　　从……来的小问候
　　—　Dernières nouvelles de…　来自……的最新消息
　　—　Nous avons planté nos piquets du côté de…　我们的小分队驻扎在……

　　佩雷克在这些明信片中用到了很多隐秘的小技巧，其中包括在《人生拼图版》中也用到的"骑士方格"，还比如一种叫"牛耕式书写法"（boustrophédon）的方式：这是东方人和古希腊人曾用的一种书写方法，模仿牛在耕地上犁地的轨迹，由此形成的文本一行从左至右，下一行从右至左，以此类推。佩雷克用这种方式来安排素材的"出场顺序"。

　　总而言之，佩雷克用十分 Oulipo 的方式制造了一台"文本机器"，与格诺的《百万亿首诗》一样，利用不同的排列组合方式生成数目超乎想象的文本。这种方法也确实启发了一些"玩家"，比如一位博客写手根据佩雷克的这篇文字，利用网络上寻找的图片素材，拼出了这 243 张明信片的样子。[141]

　　这 243 张明信片是一份另类索引，是对关于"度假"这一主题的修辞练习，是对度假休闲文化中经常出现的陈词滥调的幽默总结和调侃，也是一篇关于"度假"作为一种生活方式的"神话"。

诗意菜谱

《思考 / 分类》中也有一篇有意思的小文，或者应该说是一份"戏仿食谱"（parody recipe book）[142]：《为初学者提供的 81 道食谱》（81fiches-cuisine à l'usage des débutants），此文最初就发表在名为《吃》（*Manger*）的杂志上（1980）。

......

诺瓦丽酒（Noilly）烹兔肉：在两只嫩兔子身上均匀涂抹辣芥末。放入炖锅，锅底备好薄片肥肉和胡萝卜，新鲜番茄和洋葱。浇上诺瓦丽酒。配杂烩菜（ratatouille）同食。

......

路易十四小牛胸腺（ris de veau）：将四块小牛胸腺切成薄片，事前要将小牛胸腺放入加柠檬汁的水中浸泡片刻。放入炖锅，锅底备好薄片肥肉和胡萝卜，新鲜番茄和洋葱。浇上诺瓦丽酒。放入事先加热过的盘子，大面积撒上香叶芹(cerfeuil)。

......

古法鳎鱼（sole）：将两条漂亮的生鳎鱼去骨。放入中等烤炉烤约 40 分钟，期间不时浇汁。浇上诺瓦丽酒。放入事先加热过的盘子，大面积撒上豆蔻末。

......[143]

从《物》开始，食物 / 烹饪一直是佩雷克在创作中关注并乐于使用的日常生活元素，例如《人生拼图版》中甚至有专为眼睛烹制的"红色菜系""黄色菜系"，还有《次普通》中的那篇《尝试清点我在 1974 年里吃喝过的固体与流质食物》（Tentative d'inventaire des aliments liquides et solides que j'ai ingurgités au cours de l'année mil neuf cent soixante-quatorze）。[144] 食物作为每日生活里必然出现的元素，其丰富性本身就是个源源不绝的素材库。但菜谱作为"次普通"形式却很少为文学创作所用。其实，尤其对佩雷克来说，厨艺与写作一样，二者都是手工劳动，都是一门手艺，既需要不断尝试各种组合、表达（烹饪）形式，也需要想象力、创造力的即兴发挥。

从 81 这个数字中不难看出佩雷克又一次玩了一个关于 3 的倍数的游戏。我们也一定注意到上文的菜谱中重复出现的原料（诺瓦丽酒）、句子（入炖锅，锅底备好薄片肥肉和胡萝卜）、表达方法（大面积撒上……）。事实上，通篇菜谱只是用有限的烹饪材料进行组合，对三种主要食材——兔肉、鳎鱼、小牛胸腺——进行不同方法的烹饪，每个条目的构成元素和组合方式，原理与前面的明信片相同。在雅克·鲁博看来，佩雷克炮制食谱的方式更接近古典的作诗方法——列表法（liste），这是一种深厚的文学传统[145]，跟佩雷克及 Oulipo 所遵循的各种限制规则一样，这也是卡尔维诺所说的"非自然的、机械的诗论"，是"为了避免生活中的任意性"，但是限制规则不会妨碍叙述自由，"却能使他获得自由和丰富的、无穷无尽的想象力"[146]。

当然佩雷克并不是真的在钻研美食，至少这个菜谱并非真正的美食配方，而是他所说的"虚构知识"（fiction savoir）、"知识—虚构"（savoir-fiction）。[147]重点在于虚构，在于如何虚构。按照他所列的菜谱烹饪出的菜肴未必美味，但是佩雷克为菜谱这一形式赋予了一种诗性和审美情趣，从而改变读者对菜谱的传统认识，甚至是对菜谱的阅读方式，可以说是用一种幽默的方式写了一篇"菜谱诗"，尽情享受他所说的"在罗列清单时无法言说的喜悦"。[148]

如果说单调的食谱也可以拿来做文字游戏，那么这样的游戏是否也会启发真正的烹饪过程？下厨这件事也是日常生活中一个能够迸发新意的工作现场，在 Oulipo 启发下，不是还出现了"潜在厨艺工场"（Oucuipo）吗？[149]正如 Oulipo 探索文学的潜在性一样，"潜在厨艺工场"探索的是食物烹饪的可能性，这正是德·塞托所说的技能（savoir-faire）的一种。德·塞托与吕斯·贾尔（Luce Giard）、皮埃尔·梅约尔（Pierre Mayol）合著的《日常生活的发明》第二卷（*L'invention du quotidien, 2.habiter, cuisiner*），对居住和饮食这种"微观历史"进行了社会调查。作者在第二部分即关于"下厨"的调查中，说明了厨房事务为何会成为研究对象，为何是日常文化不可忽略的一部分，因为它"跟过去曾被视为更高级的活动——比如音乐、织造——一样需要智慧、想象和记忆。因此，它一直是关于日常生活文化的重要一环"。[150]而"下厨是一项运动实践，基本、朴实、固执，在时间和空间中一再重复，深入个人与他人、与自己的关系网络，常出现在'家庭轶事'和每个人的故事中，连接着童年的回忆，如同节奏与季节。"[151]

日常生活的潜在性无穷无尽，文字游戏只是"陈述"战术之一。无论是写作还是下厨，所体现的生活智慧都是"'无名英雄'无数的小花招"中的一部分，佩雷克就是这些无名英雄中的一员：他们是"城市中的步行者，小区的居民，梦的阅读者，默默无闻下厨的人"。[152]

未完成的"城市植物志"与"第三类文学"

在佩雷克去世前的几年（主要在 1979 至 1980 年间），他还在进行一项名为"城市植物志"（L'Herbier des villes）的新计划："收集城市产生的各种东西：车票，广告单，海报上、玻璃橱窗上的标语，等等，将它们记录成册，就像一本植物志上记录的乡村植物那样……"[153] "人们收到广告单，四分之三的情况是扔掉。但如果全部保留下来，剪辑、拼贴，然后出版，会出现很有趣的结果。会很刺激！"[154]

这种类型的文学被 Oulipo 的创办者之一弗朗索瓦·勒·利奥奈称为"第三类"文学（troisième secteur）：第一类指的是大众通常所承认的文学；第二类则是从 20 世纪 60 年代开始人们所称呼的"类文学"（paralittérature），如侦探小说、科幻小说（Oulipo 所产生的第一个分支就是"潜在侦探文学工场"/Oulipopo—Ouvroir de littérature policière potentielle）；而所谓的第三类"通常是一些无法被分类或尚未被分类的"[155] 语言文字如年鉴、涂鸦、广告招牌、钞票、日历、纹身、唱片封面、求职申请、遗嘱……是"在文学与类文学之外的对语言的使用"。[156]勒·利奥奈在《第三类》一文中列出了 69 种属于"第三类"文学的事物，其中还包括电脑文本。[157]

虽然勒·利奥奈看似是"第三类文学"的首位提出者，但是佩雷克似乎更有将这一"次级"文学发扬光大的野心。在佩雷克的各种作品中，我们总能见到这种"第三类文学"的身影，无论是对公交车身广告语的记录，还是在维兰街对广告招牌的描述，这些最容易被认为不重要的"第三类"却是他格外受用的宝库，用他的话说，"并非只有大写的文学（Littérature）"。[158]佩雷克也善于抓住这些素材，用以即兴发挥："比如，有人送了一束花——一束晚香玉给我的朋友，这束花就出现在了书里。我收到了一张寄自马萨诸塞州的明信片：这张明信片也成了书里的角色！"[159] 于是我们才明白了《人生拼图版》第一章就出现的晚香玉、第七十三章出现的"马萨诸塞"都是缘何而"编造"的，它们都是作者生活的现实，是那些次普通之物。"在烟盒、药店传单、饭店菜单上面的字里同样能找到乐趣"，"所有这些，对我来说，都是文学的一部分。每个人都可以写，每个人都是其中一部分"[160]。

潜在性对于佩雷克来说，早已不仅仅局限在数学规则或是形式约束下可能诞生的文本的数量与种类，它更加是一种发散的、不期而遇的发现，是训练观察的眼睛和培养记录的习惯；它更加是积聚的过程——微小的行动、微小的事物及对它们的记录、描述、珍藏，会因坚持不断的累积产生质变的奇迹，这种潜在的奇迹没有秘密或机巧可言，需要的只是耐心与坚持。这种积累的行动本身，跟作者身处现场进行集中、激烈的叙述练习（如马比荣十字路口的现场行为），在时间与空间上都张弛有别，却都是在重新定义文学与写作——特别是写作行为，它意味着自发的行动，超出纸与笔的劳作，涉及诸多具体而微的行动；写作本身即写作的目的，写作也是生活本身，并不矫情地凌驾与生活之上。

至于这项"植物志"计划，1980 年时，佩雷克"已经开始分类，或者说按照彼此的关系进行整理"，[161] 但是我们已无缘见到《城市植物志》这本书的成形。[162] 不过，《人生拼图版》似乎已经部分地完成了这个计划（书中罗列了大量商品目录、告示牌上的文字，等等）。更为重要的是，佩雷克已经描述出这个游戏的规则并开了个头，每个人都可以采用这个游戏规则，将目光转向平日惯于忽略的小票、菜单、商标，将它们聚集、分类，并对它们提出问题，在这当中生活会以我们完全不熟悉的面貌出现吧。

注释

1.　Georges Perec, *L'infra-ordinaire*, Seuil, 1989. pp.10-12.

2.　*Entretiens et conférences, Vol. 1. 1965-1978. op. cit.*, p.121，同时参看 Jean Duvignaud, *Perec ou la Cicatrice*, Actes Sud, 1993.

3.　ibid.

4.　ibid.

5.　ibid.

6.　Edgar Morin、Roland Barthes、Jean Duvignaud 以及 Colette Audry 创办于 1956 年的马克思主义倾向政治哲学杂志，在 1956—1962 年间发行。

7.　*Entretiens et conférences, Vol. 1. 1965-1978. op. cit.*, p.121.

8.　Manet van Montfrans, *Georges Perec: la contrainte du réel*, Rodopi, Amsterdam, 1999. p.135.

9.　*Entretiens et conférences, Vol. 1. 1965-1978. op. cit.*, p.122.

10.　*Entretiens et conferences, vol.1. 1965-1978. op. cit.*, pp.133-134.

11.　ibid.p.122.

12.　参看Fernand Braudel,*Civilisation matérielle, économie et capitalisme, XVe- XVIIIe siècle. vol.1 Les Structures du quotidien.Paris, Armand Colin*, 1979.

13.　Fernand Braudel, *Civilisation matérielle, économie et capitalisme, XVe-XVIIIe siècle.vol.1 Les Structures du quotidien.Paris, Armand Colin*, 1979. p.8, 转引自Derek Schilling, *Mémoires du quotidien: les lieux de Perec*, Presses Universitaires du Septentrion,2006.p.35.

14.　阈学（bathmologie）是罗兰巴特自己发明的一个词，"所有的话语都是关于程度的游戏，我们可以把这个游戏称作 bathmologie……一门新的科学，关于语言的层级"。(Roland Barthes, *Roland Barthes par Roland Barthes*, 1975)，参见维基百科。

15. *Mémoires du quotidien: les lieux de Perec*,op.cit.,p.56.

16. ibid.p.54.

17. *Entretiens et conferences, vol.1, 1965-1978, op. cit.*, pp.121-134.

18. ibid.p.128.

19. *Entretiens et conferences, vol:1,1965-1978,op.cit.*,p.131.

20. ibid.p.134.

21. ibid.p.127.

22. Maret van Montrtans, *Georges Perec: la contrainte du réel,op.cit.*,p.136.

23. *L'infra-ordinaire*, op.cit., pp.10-12.

24. Gilbert Adair, "The Eleventh Day: Perec and the Infra-ordinary", The Review of *Contemporary Fiction* 13, no.1 (Spring 1993), p.98.

25. *Entretiens et conferences*, vol: 2, 1979-1981.op.cit., pp.93-94.

26. Warren Motte, "Description", in *The Poetics of Experiment:A Study of the Work of Georges Perec,* Lexington, KY: French Forum Publishers,1984.p.70.

27. Ibid.p.73.

28. 加斯东·巴什拉:《空间的诗学》,张逸婧译,上海:上海译文出版社,2013 年,第 12 页。

29. 参看 *Entretiens et conferences, vol. 2, op. cit.*, pp.199-207.

30. *Entretiens et conferences, vol.2, op. cit.*, p.330.

31. Georges Perec *Espèces d'espaces*, Galilée, 2000, p.13.

32. ibid.pp.14-15.

33. ibid.

34. Georges Perec, *Tentative d'épuisement d'un lieu parisien,* Christian Bourgois, 1983, p.54.

35. *Penser/Classer,* op. cit., p.37.

36. *Espèces d'espaces,* op.cit., p.22.

37. ibid. p.23.

38. ibid. p.33.

39. ibid. p.58.

40. ibid. pp.58-59.

41. ibid. p.59.

42. ibid. p.81.

43. ibid. pp.179-180.

44. ibid. p.180.

45. ibid.

46. Christian Norberg-Schulz, *Genius Loci*, Bruxelles: Mardaga,1981, p.7.

47. Georges Perec, *Je suis né*, Paris, Seuil, 1990,p.58.

48. ibid. p.58-60.

49. *Espèces d'espaces.op.cit.*, p109.

50. ibid.

51. ibid. pp.109-110.

52. ibid. p.110.

53. Georges, Perec, "Guettées", *Les Lettre snouvelles* 1 (1977); "Vues d'Italie", *Nouvelle Revue du psychanalyse* 16 (1977); "La rue Vilin", *L'Humanité,* (11 novembre 1977); "Allées et venues rue de l'Assomption", *L'arc* 76 (1979); "Stations Mabillon", *Action Poétique* 8 (1980). novembre 1977); "Allées et venues ru de l'Assomption," *L'Arc* 76 (1979); "StationsMabillon", *Action Poétique* 8 (1980).

54. *L'infra-ordinaire,* op. cit., pp.15-31.

55. ibid.

56. ibid.

57. *Je suis né, op*.cit.,pp. 58-60.

58. 巴赫金:《小说理论》,白春仁、晓河译,石家庄:河北教育出版社,1998 年,第 274 页。

59. 参看Philippe Lejeune, *La Mémoire et l'oblique. Georges Perec autobiographe*. Paris: POL.1991.

60. *Espèces d'espaces*, op.cit.,p.70.

61. 参看 Yi-Fu Tuan, *Topophilia: A Study of Environmental Perception*, Attitudes and Values, Prentice Hall, 1974.

62. 段义孚:《人文主义地理学之我见》,《地理科学进展》第 25 卷第 2 期,2006 年 3 月。

63. *Espèces d'espaces*, op.cit.,p19.

64. *Everyday life: Theories and practices from surrealism to the present,op.cit.*,p.258.

65. *Tentative d'épuisement d'un lieu parisien, op.cit.*, p.21.

66. ibid. p.1.

67. ibid. p.30.

68. ibid. p.45.

69. *Espèces d'espaces,op. cit.*,p.102.

70. ibid.p.101.

71. Raymond Queneau, *Le Chiendent*, 转引自 *Everyday life: Theories and practices from surrealism to the present*, op. cit., p.126.

72. Interview by Enrique Walker, 'Paul Virilio on Georges Perec,' *AA Files*, No. 45/46,p.17.

73. *Entretiens et conferences, vol. 2, op. cit.*, p.131.

74. 同上,第 201 页。

75. ibid.

76. *Tentative d'épuisement d'un lieu parisien. op. cit.*, p.34.

77. *Espèces d'espaces*, op. cit., p.103.

78. 许绮玲:《试图潜入培瑞克〈思考 / 分类〉的错字网络中》,第三十五届台湾比较文学会议征稿。

79. *Espèces d'espaces, op. cit.*p.47.

80. 发表于 *Les Nouvelles littéraires*, no 2612, 24 novembre 1977.

81. 发表于 *Le Nouvel observateur*, no 737, du 23 au 29 décembre 1978.

82. *Je suis né, op. cit.*, p.60.

83. ibid. p.61.

84. *Espèces d'espaces, op. cit.* p.43.

85. ibid.

86. ibid. pp.43-44.

87. ibid.

88. ibid. p.47.

89. ibid. p.46.

90. Danielle Constantin, "Sur Lieux où j'ai dormi de Georges Perec", Mis en ligne le: 30 mars 2007, http://www.item.ens.fr/index.php?id=76107

91. Paul Ricœur, *La Mémoire, l'Histoire, l'Oubli*, Paris, Seuil, 2000, p.67.

92. *Mémoires du quotidien: les lieux de Perec, op. cit.*, p.146.

93. *Je suis né, op. cit.*, pp.90-91.

94. *Georges Perec, Une vie dans les mots, op. cit.*, pp.525&549.

95. *Entretiens et Conférences Vol 1, op. cit.*, p.186.

96. *Entretiens et Conférences Vol. 2, op. cit.*, p.52.

97. Georges Perec, *La boutique obscure*, Paris, Denoel/Gonthier, 1973.

98. *Entretiens et Conférences vol.1. op.c it.*, p.137.

99. ibid. p.136.

100. *Entretiens et Conférences Vol. 2. op.cit.*, p.118.

101. Philippe Lejeune, *La Mémoire et l'oblique. Georges Perec autobiographe.op. cit,*, pp.146& 158.

102. Éric Lavallade, "Lieux Obscurs, Parcours biographiques et autobiographiques dans *La Boutique Obscure* entre 1968 et 1972", *Le Cabinet d'amateur*, Revue d' études perecquiennes/1.

103. *Entretiens et Conférences Vol. 1, op. cit.*, p138.

104. 转引自 Claude Burgelin, *Georges Perec*, Paris: Seuil, 1990, p.27.

105. *Entretiens et Conférences Vol 1, op. cit.*, pp.47-48.

106. ibid. p.215.

107. Georges Perec, *Je me souviens*, Paris: Fayard, 2013.

108. n°26, 15 janvier 1976, p.83—108. 其中前 18 条与最终出版的版本中不同。

109. *Je me souviens. op. cit.*

110. Roland Brasseur, "Je me souviens de I remember", Communication au séminaire Perec, Université de Paris VII, 1997.

111. *Entretiens et Conférences Vol.2,op.cit.*, pp.52-53.

112. ibid. p.48.

113. ibid.

114. *Mémoire du quotidien: Les lieux de Perec, op. cit.*, p.147.

115. Jacques Bens. "J'ai oublié". Vol. 88. Paris: La Bibliothèque oulipienne; 1997.

116. *Je me souviens, op. cit.*, pp.13-121.

117. *Entretiens et Conférences Vol.2, op. cit.*, p.49.

118. ibid. p.182.

119. Georges Perec, *W ou le souvenir d'enfance*, Gallimard, 1993.

120. Ibid. p.93.

121. 这部国家社会主义的宣传片讲述了 1936 年的柏林奥运会，在《w 或童年的记忆》中，"赛场之神" 曾两次出现。

122. *Entretiens et Conférences Vol. 1*, p.193.

123. Philippe Lejeune, "Une Autobiographie sous contrainte", in *Magazine Littéraire*, décembre 1993, p.18. 转引自杨国政：《乔治·佩雷克的非典型自传》，《外国文学评论》2004（2），第 98—106 页。

124. *W ou le souvenir d'enfance, op. cit.* mp.221.

125. *Cause commune*, n°3, octobre 1972. p.1-2.. 后收录于 *Cahiers Georges Perec*, "Le cinématographe", n°9, Le Castor astral, 2006.

126. *Entretiens et Conférences Vol. 1, op. cit.*, p.196.

127. ibid., p.197.

128. ibid., p.191.

129. *W ou le souvenir d'enfance, op. cit.*, p.222.

130. ibid. p.17.

131. ibid. p25.

132. *Entretiens et Conférences Vol.2,op.cit.*, pp.48-49.

133. 杨国政：《乔治·佩雷克的非典型自传》，《外国文学评论》2004（2），第 98—106 页。

134. *Entretiens et Conférences Vol.1, op. cit.*, pp.190-191.

135. ibid. p.190.

136. ibid.

137. *Je suis né, op.* cit., p.73.

138. *Entretiens et Conférences Vol. 2, op. cit.*, p.52.

139. *L'infra-ordinaire, op.cit.,* pp.33-68.

140. 具体可参阅：*Machines à écrire*, version multimédia de trois œuvre oulipiennes, par Antoine Denize, sous le conseil éditorial de Bernard Magné, Gallimard Multimédia, 1999.

141. http://243postcards.canalblog.com/

142. 参看：David Gascoigne, *The Games of Fiction: Georges Perec and Modern French Ludic Narrative*, Peter Lang International Academic Publishers; 1 edition, 2006.

143. *Penser/classer, op. cit.,* pp.87-105.

144. *L'infra-ordinaire, op. cit.,* pp.97-106.

145. 参看：Jacques Roubaud, "Notes sur la poétique des listes chez Georges Perec", *Penser, classer, écrire, de Pascal à Perec* (B. Didier et J. Neefs (éd.), PU de Vincennes, 1990, p. 201—208. 以及 ChristelleReggiani, "Poétique de la liste. Inventaire et épuisement dans l'œuvre de Georges Perec", dans *Liste et effet liste en littérature*, Sophie Milcent-Lawson, Michelle Lecolle, Raymond MichelL (éds), Paris,Classiques Garnier, 2013.

146. 卡尔维诺：《美国讲稿》，萧天佑译，南京：译林出版社，2012 年，第 117 页。

147. *Entretiens et Conférences Vol 2, op.cit.,* p.93.

148. *Penser/Classer, op. cit.,* p164.

149. Oucuipo (Ouvroir de la cuisine potetielle), 1990年由Noël Arnaud 和 Harry Mathews成立，可看看Bénédict Beaugé,Cuisine potentielle en puissance: l'Oucuipo, *Sociétés & Représentations* Publications de la Sorbonne, 2012/2 (n°34)。

150. Michel de Certeau, Luce Giard, Pierre Mayol, *L'invention du quotidien, 2. habiter, cuisiner,* Gallimard, 1994, p.214.

151. ibid. pp.221-222.

152. ibid. p.361.

153. *Entretiens et Conférences Vol2, op. cit.,* p.107（注释 21）.

154. ibid., p.132.

155. Marc Lapprand, *Poétique de l'Oulipo,* Rodopi, 2004, p.95.

156. ibid.

157. François Le Lionnais, "Le troisième secteur", *Les Lettres Nouvelles*, Septembre-Octobre 1972.p.182.

158. *Entretiens et Conférences Vol.2, op.cit.,* p.211.

159. ibid. pp.211-212.

160. ibid. p.211.

161. ibid. p.131.

162. 佩雷克已收集的素材目前保存在佩雷克基金会。

第四章

无尽的可能——《人生拼图版》
（《生活使用说明》）

> 我们是什么，我们中的每一个人又是什么？是经历、信息、知识和幻想的一种组合。每一个人都是一本百科辞典，一个图书馆，一份物品清单，一本包括了各种风格的集锦。在他的一生中这一切都在不停地混合，再按各种可能的方式重新组合。
> ——卡尔维诺[1]

  佩雷克在《空间种种》中提到的那个小说的计划终于在1978年正式完成："我想象将一座巴黎的公寓楼的外立面掀去……所有房间都马上同时变得可见。小说……就是描述这些暴露出来的房间和里面发生的活动。"[2]这是对《人生拼图版》这本小说的大概描述，而要说清小说里面的"故事"却非常困难，因为"这本书的中心人物，是一栋房子"。[3]作者虚构出了一幢巴黎的公寓楼：西蒙-克吕布里埃大街11号（11 rue simon-Crubellier），所有的叙事都是围绕这栋房子展开的，大楼的每一个房间对应一篇叙事，叙事的顺序如同下棋走格子；而且这些叙事彼此之间缺乏紧密的内在联系，它们大篇幅地描述不同房间里的家具、摆设，讲述的故事关乎住在或曾住在这些房间里的不同人物的琐碎日常生活，也牵涉他们的生平、家人、朋友。整本书如同许多片断的叙事拼凑起来的一个整体，就像形形色色的人住在同一栋大楼里一样，大大小小的故事共同住在这本小说里——共有1467个人物和170多个小故事，因此作者为这本书冠以的副标题是"复数小说"（romans）。

卡尔维诺在《美国讲稿》中提出："20世纪伟大小说表现的思想是开放型的百科全书"，[4] 是"巴赫金称为'对话'的模式，'多样化'的模式，'狂欢节式的模式'[5] 的小说，一种"累积式的、模数式的、组合式的……超级小说"。[6] 他着重讲到了佩雷克：

> 这种"超级小说"的另一范例是乔治·佩雷克的《生活使用说明》……该书的出版在小说史上算得上是最新的重大事件。原因很多：它的结构庞大而完整，文学效益很高；它综合了小说的传统，综合反映了客观世界面貌的百科知识；它有强烈的时代感，即今天这个时代是建立在过去与令人头晕的空虚之上的；它处处把幽默与忧虑融为一体。总之，它把实现预先构思的努力和诗歌般的不可思议性融为一体。[7]

佩雷克承认在加入 Oulipo 后，自己的创作走向了新的方向，顺着这个方向，他到达了《人生拼图版》。[8] 这本书"不是一个总结……而是有点类似我二十年来所做之事的汇集，在一本小说里填满我对故事的兴趣，我对雷蒙·鲁塞尔、儒勒·凡尔纳、拉伯雷的爱；同时，聚焦并描写语言、世界，通过这种语言穷尽一种日常性……拥有一种百科全书般的使命……同时在其中融合自传的元素"。[9] 我们可以将这本书形容为佩雷克耕种的四块田地的交汇之处，他将多年来的练习、思考融汇于一栋房子，一个容纳了无数故事的空间。作者展示了作为写作手艺人的技艺，也展示了他对日常生活无尽的好奇心。正是凭借这两样"才能"，他成就了这本当之无愧的代表作。

主人公与叙述者

在《人生拼图版》中文版的序言中，我国著名翻译家柳鸣九用"传统中的现代，现代中的传统"[10] 来形容这部作品。他认为，一方面，《人生拼图版》延续了巴尔扎克"人间喜剧"的传统，在"内容的一致性与整体化之上，再以具体的纽带将各个作品连成一体……一些人物穿梭交替出现在不同的作品中，于是，这些人物成为一部统一风俗史中的主要角色，而各个作品只不过是他们搬演不同故事的不同场合"。[11] 这与佩雷克对巴尔扎克的理解相近："开始写一本书、两本书、三本书，接着其中某个人物重复出现在另一本书里，又出现在了另一本书里，最终，这些书汇在一起如同对整个19世纪的描摹。"[12]

柳鸣九认为"人间喜剧"的开创性在于"叙述内容的整体化、叙述规模的巨型化以及叙述结构的网络化"。[13] 在巴尔扎克之后，左拉（Émile Zola）的由二十部长篇小说组成的《卢贡·马卡尔家族》（*Les Rougon-Macquart*）系列被视为"人间喜剧"的后继者："二十部长篇……'通过这个家族分散在社会各个阶层的各个成员的活动'，着力于'描绘出一个整个的时代'。"[14] 以"复数小说"为副标题的《人生拼图版》以九十多个独立章节组合而成一幅近百年的时代风貌，在这一点上无疑是巴尔扎克-左拉传统的延续："这个传统的本质特征就在于小说社会的、历史的生活图景的巨型扩充化与网络式的一体化，在于小说内容的外向型与辐射性。"[15] 同时，"一幢公寓楼……是像巨大迷宫一样的现代城市的缩影，巴尔扎克早就预见了这一点，他曾把伏盖公寓这一现代公寓楼的早期雏形，当做自己展示各种人物的场所"。[16]《人生拼图版》同样将一座公寓楼作为"叙述空间"。公寓生活是现代生活的典型居住方式，加斯东·巴什拉在《空间的诗学》中强调家宅（Maison）是一种"幸福空间"[17] 的形象，他所指的家宅是拥有阁楼和地窖的典型前现代生活的独栋式住宅。但是巴什拉说："巴黎没有家宅。大城市的居民们住在层层叠叠的盒子里。"[18] 佩雷克所描写的，正是这样一叠盒子，它不再具有"家宅"所指向的内心生活的幸福感，反而是抹杀了人与自然的联系，甚至是抹杀了时间的一种新的空间形态。这样一栋房子，如同巴黎现代生活的一块人类学切片。

不同于巴尔扎克和左拉为"人物再现"而做的现实主义描写，也没有二者故事中存在的中心和由此在篇目之间产生的连贯性，《人生拼图版》在"外表统一的假象下，却是惊人的分解与孤立。在这部小说里，没有一个中心人物，甚至几个为主的人物也没有[19]……也没有一个统一的故事线索"，人物"各自独立，各自间隔，互不相关……成为一个个坚壁严密的、互不通风透气的封闭体"。[20] 虽然自 19 世纪以来，建筑物在文学作品中扮演着越来越重要的角色——不仅在巴尔扎克那里，在雨果、普鲁斯特等作家的作品里，建筑物都不再只是简单的布景，而是促使人物发生空间关系、"提供上演日常社会生活的舞台，因此产生了一种既属于个人也属于集体的'历史观念'"，[21] 其再现作用和伦理意义十分鲜明。而在佩雷克笔下，建筑物或许是第一次成为故事的主人公；并且这是一栋完全被虚构出来的建筑物，它处于一种隔绝状态，人与人的空间关系被浓缩在一个盒子里，这个盒子又分成若干小格子，将里面的人和故事彼此隔绝开来，过道、门厅、电梯这些仅有的公共空间里几乎没有发生过任何人与人之间的故事。空间和建筑物不再是象征工具和承接情节的工具，而是叙述机制本身；这栋房子不是任何现实的再现，而就是这本书。

柳鸣九同时认为，在"叙述艺术"上，佩雷克又使用了非常传统的"上帝视角"，叙述者无所不知，如同全知全能的上帝："在它这里的叙述上帝不仅是传统型的，而且相当古老，其风格繁详而细致，不像20世纪传统型的叙述上帝那样风格简约。"[22]

　　如果说《人生拼图版》中的叙述者果真如上帝般对整栋大楼里的人和事无一不知，那么并非作者赋予自己的叙述者这样的权力，而是这本书真正的主角也是所有故事的叙述者，就是这栋大楼本身，对于里面的一切，它的确是无所不在的上帝。它不是"叙述的上帝"，无法摆弄人物的悲欢离合，掌握他们的所有心理活动，而是一个"观察的上帝"，不仅看到人、事、物的变迁，更看到了曾被从前的叙述上帝所忽略的东西，它知道"无事发生时，发生了什么"。而被囊括于叙述中的近百年来人与事的更替、房间功能的转换、甚至大楼本身结构的变化，正是一部空间史，一部与人相关的空间史，正是人赋予了一个看似固定不变的空间以流动意义。

　　这栋大楼在讲述所有故事时其实为自己找到了一个代理人，那就是画家瓦莱纳，因为他是这栋大楼里"资格最老的一位房客"，[23]也是全书交代的人物中最晚去世的人，那些"在楼道里"的章节更明显透露出瓦莱纳的视角。瓦莱纳如同一个向导，为我们导览"这个巴黎的小宇宙，讲述现在和从前的居民的上百个故事"。[24]这位住在顶楼的画家不仅是空间的代言人，也是时间的代言人，"他打算把组成这座公寓五十年生活的种种细微的事情——虽然随着年华流逝而被人一一淡忘——再重新回忆起来"。[25]

　　试看这段叙述：

　　楼梯对于瓦莱纳来说，每一层都留有一个回忆，都能激发起一种感情，这是某种过时的不可触知的东西，是某种还在某处跳动，在他的记忆的晃动的火焰下跳动的东西：一个动作，一种香味，一种声音，一次闪光，一位在钢琴伴奏下唱歌的少妇，打字机笨拙的击打声，一股强烈的臭药水味，一阵喧哗，一声喊叫，一片嘈杂声，绸缎和毛皮的窸窣声，门后猫的哀叫声……[26]

　　而且，瓦莱纳的心中有一个绘画的计划，那就是将这栋大楼画下来：

　　甚至当他一想到打算画一幅画的计划，那幅画的形象便立刻展现出来，随时萦绕着他的思绪，魂牵梦萦，不绝如缕，种种往事，纷注心头。他想象着把这座公寓解剖，把它过去的裂缝和现在的坍塌都赤裸裸地表现出来，那一大堆没有结局的伟大或渺小的、可笑或可悲的故事，使他感到这座公寓像是一座奇怪的陵墓，为了纪念，里面竖着一些小人物的石像……他似乎想预言或推迟他们或缓慢或突然的死亡，而死亡却似乎想一层一层地侵占整座公寓：马西亚先生，莫罗夫人，巴尔特布斯，罗尔沙斯，克雷比斯小姐，阿尔班太太，斯莫特夫。还有他，瓦莱纳自己，这座公寓里最早的住户。[27]

瓦莱纳"打算把自己也画入画中，就像文艺复兴时期的画家一样，他们总在一群仆人、士兵、主教或商人之间为自己留一小块地方"，[28]他仔细设想过它的画将会是什么样子：

瓦莱纳自己也将在画中，在他自己的房间里，在画面的右上方……

他将画自己，在这块正方形的大花布上，他周围的一切都已画好……

他将自己画自己，画上已可看到的大汤勺，刀，漏勺，门的把手，书，报纸，小地毯，长颈大肚玻璃瓶……

在这些物品周围，画上一大群人物，画上他们的故事，他们的历史及经历……[29]

瓦莱纳的这个计划描述的显然正是佩雷克要用这本书所做的事：描绘这栋大楼里的人和物，也就是这里的日常生活。正如佩雷克在访谈中表示的："第三人称，叙述者，他是画这栋房子的；但这幅画最终是一本书，只存在他的头脑中。"[30]不同的只是，画家瓦莱纳的画笔和颜料是佩雷克手中的写字笔和笔下的词语。值得一提的是，瓦莱纳这个名字也是佩雷克曾使用过的笔名。[31]

伯纳德·马涅在《人生拼图版》口袋版的序言中称，这本关于"游戏"（jeu）的书也是关于作者"我"（je）的书，在瓦莱纳的身后，读者或许可以勾画出关于作者本人故事的"精细、脆弱、几乎无法察觉的线条"。[32]而最终，在瓦莱纳去世时，"两米见方的一张大画布放在窗子旁边……画布几乎一无所有，只有几笔木炭划的线条，仔细地把画布划成整齐的方格，这是一幢楼房的剖面图草样，上面再也不会画上任何一个房客的形象"。[33]就像作者自己说的，书的终点也是叙述的终点是："从无到有，不去往任何地方……一本书，就像我和读者之间下的一盘棋：一开始什么都没有，然后开始阅读，出现了那些人物，到最后不留一物。"[34] 瓦莱纳留下了一幢房子的草图，书的作者佩雷克留下了一张棋盘，伯纳德·马涅也给出了提示："或许要等每个读者来包围这个空间，占用它、驯化它，让它切切实实变得可以居住。"[35]

另一方面，第三人称的叙述方式，一个置身事外的视角，对于佩雷克来说意味着一种不可替代的有效性。正如《物》就是以第三人称复数写作的，这是他与人物保持"讽刺的距离"的方式，第三人称为保持作者的中立立场提供了便利。在《人生拼图版》中，作者更加是一个局外人，作者承担的是另一个角色——拼图制造者，他所制造的拼图也是这本书——将瓦莱纳的画制成拼图。这个角色更像是书中的另一个主要人物温克勒（这正是佩雷克的自传作品《W或童年的记忆》中主人公的名字）。温克勒是一位拼图匠人，巴尔特布斯走遍世界各地绘制水彩风景画，将画交由温克勒制成拼图。这是佩雷克最喜欢的角色，因为"他有点像我，是他制造了拼图，就像我制造了这本书"。[36] 温克勒这个名字反复出现在佩雷克的作品中（除了《W或童年的记忆》以外，佩雷克生前未出版的《佣兵队长》的主人公也叫这个名字），也暗示了佩雷克本人与这个人物之间的关系。于是，如果我们回看书的前言会发现，表面上它是与后文内容关系不大的对"拼图"这门艺术的介绍，实则更像是整本小说的"使用说明"，让读者注意到该书对阅读所提出的特殊要求——也就是一个"乌力波作家"（Oulipien）在这份创作中向自己和读者提出的限制规则。作者在前言中的结语是：

> 本书将得出的结论也无疑是拼图版游戏的最终真谛：排除其表面现象。拼图游戏不是一个单人玩的游戏：拼图者的每一个手势，制作者在他之前就已经完成过；拼图者拿取和重取，检查，抚摸的每一块拼图板块，他试验的每一种组合，每一次摸索，每一次灵感，每一次希望，每一次失望，这一切都是由制作者决定、设计和研究出来的。[37]

拼图 – 小说

该书的中文版标题没有被直译成"人生使用说明"，而是用了"人生拼图版"，明显是对这个拼图意象的有意呼应。拼图不仅是这本书的中心意象，更是佩雷克对于文学、写作这种宏观人类活动的认识，他认为人类的文学是一幅巨大的拼图——一个从他颇为欣赏且"记得"的法国作家米歇尔·布托（Michel Butor）那里借来的比喻，自己的作品——跟任何其他作家的作品一样——是大版图中的小小拼块；他的每部作品之间的拼贴组合又形成了自己的一块风景："我模糊地感到我所写的书属于我对文学所绘制的整体画面，它们在这个画面里获得意义，可是我觉得我永远无法确切地抓住这个画面，因为对我而言它是写作的彼岸，是一个我作为作家无法回答的'我为什么写作'，不停变幻，甚至在停止写作的那一刻也不停，这个画面会是可见的，就像一幅必须要不折不扣完成的拼图版。"[38]

拼图游戏本身也是佩雷克喜爱的游戏，不仅因为这是一项业余时间里的智力消遣，更在于他看重拼图游戏中玩者与制作者之间的双重角力，这也是他想与读者进行的游戏："我想构建一本书，在其中作者和读者如同在做拼图游戏。拼块既是房子的拼块，也是拼图的拼块，而这些拼块里面有事件、家具、收藏、各种物品。"[39] 为了让这款拼图游戏耐人玩味，让读者在阅读时获得与作者博弈的快感，作者必须做精心的设计。于是在近十年的时间里（1969—1978），他不断"拿取和重取，检查，抚摸"，试验了每一种组合和切割方法。作者为这本书做了大量的准备工作，涉及上千张手稿，这些手稿中除了文字，还包含地图、单据、文献、剧本、清单、图表、文字游戏、数学计算、草图和绘画、潦草不堪的涂写，足见佩雷克所使用的"写作工具"之多样。

在《〈人生拼图版〉用到的四种手法》（Quatre figures pour La Vie mod d'emploi）[40] 中，佩雷克介绍了这本书的成书过程和写作中使用到的结构性方法。

《人生拼图版》的写作最初源于三个独立想法"某一天突然结合在了一起"。[41] 其一，是要在一本小说或短篇小说集中用到 10×10 拉丁方格的数学结构，这个想法最初是由成员克洛德·博格向 Oulipo 提出的，他希望佩雷克与雅克·鲁博一起完成。其二，佩雷克有一个模糊的想法：描写一座外立面被揭去的巴黎公寓大楼。其三，1969 年，佩雷克自己在拼制一张表现拉罗谢尔港风景的拼图时，产生了对人物巴尔特布斯的想象，这个人物后来成为《人生拼图版》的主要人物之一，他的毕生志业就是让自己的水彩画被制成拼图——关于这个人物"我写了两页简短的概述"，[42] 佩雷克如是说。于是，公寓楼的每个房间对应拉丁方格中的一个方块，也就对应了书中相应的每一章——因此按照计算，全书应该包含 100 个房间，也就是100 章，但是最终全书中只有 99 章，这是作者的有意处理，[43] 是对规则的故意打破（与此呼应的是，巴尔特布斯临终前也剩下一块拼图没有完成）。"结构所产生的数列决定了每一章的构成要素：家具、装潢、人物、历史和地理典故、文学典故、引用等"，[44] 而巴尔特布斯自然是这些如同拼图般构建起来的故事的关键人物。为了进一步完善更加细节化的各种素材和章法，佩雷克还请他的建筑系朋友绘制了一幢公寓大楼，以了解哪些细节是一旦确定便不可变动的。这是小说的诞生记（Genèse），典型的 Oulipo 式做法——从给自己制定一套限制规则开始，一个结构初具雏形，接着从这个小小的雏形中，生长出逐渐蔓延的细枝末节。

佩雷克还介绍了他安排章节的步骤，按照象棋棋盘上"走马"的顺序，马不能两次跳进同一个格子，因此每个房间在书中只能出现一次。在以房间为棋盘格的"走马"顺序行进的叙述中，人物的出现不再是集中式的，而是分散进拼图块式的碎片中，比如巴尔特布斯这个人物的故事分别出现于 21、70、80、87 和 99 章。"'走马式叙述'正是小说颠覆传统叙事中因果链条的一种策略，它大大弱化了小说中时间、故事和人际关系本来就很脆弱的连续性，取而代之的是一种与故事逻辑完全无关的叙述顺序。"[45] 若说这种叙述方式是有意打破传统叙事的策略，毋宁说这种"结构"效应更像是结果而非目的，因为对佩雷克来说，这本小说先有形式，后有内容的填充，Oulipo 的"形式主义者们"看重的也正是形式能够以其本身的生成能力导向结果的潜在性。

佩雷克最后提到了他的"计划手册"（Cahier des charges），这是他"用两年左右时间搭建的脚手架（échafaudage）"。[46] 作者以列表的形式为写作定下了各种限制规则，大部分内容经整理后以 *Le Cahier des charges* de La Vie mode d'emploi（《人生拼图版》计划手册）为名出版，[47] 其在线文本[48]也已经生成。我们可以看到除了"为每一章设置一个表格，列出应在该章出现的 42 个主题"[49]之外，在各章节、主题下细分出了更多表格（超过 250 个次级类别），这些以 Oulipo 式的限制规则制定的表格如同一种"编程"，让文本在一定的设定之下生成，而且，在这样详尽的列表之下，作者可以从任意一章开始写起，并可以好几章同时进行。同时，列表（liste）既是一种修辞术，也是一种档案方式，是出于佩雷克作为职业档案员的工作训练和习惯，也对应着佩雷克"思考/分类"的习惯；他不仅将其应用于作品当中，也应用于作品的计划当中。《人生拼图版》的整个准备阶段和写作阶段的手稿—文献，尤其是这部计划手册，也成为后世的重要研究对象，它对了解佩雷克的实践方式和写作方法极为重要。

这份计划手册诠释了佩雷克制作、切割、组合这本小说"拼图"的详细过程，其中涉及各种限制规则、组合、引用、游戏。这些元素是来自日常生活的汪洋大海中的点滴，无论是人的动作（坐、站、跪）、行为（读书、修理、进去、出来），还是各种食物、衣服、家具，无不是直接的日常生活，是具体之物、偶然之物、短暂之物的结合。作者甚至规定每一章必须包括对自己以前写作的某一部作品的影射（最明显的莫过于加斯帕·温克勒这个名字），每一章必须提到一件在写作这一章的当天发生的日常事件。佩雷克在《空间种种》中举出的第一个空间便是纸页，平面的纸页也是可以居住、可以游历的空间，表格形式是对纸张空间的规划和营造；而纸上空间成为他构建西蒙—克吕布里埃大街 11 号故事的起点。马涅称这份《计划手册》是"一个复杂的整体，但并非僵化的堆砌，它源于多元与多样的陈述练习（pratiques énonciatives），似乎可以通过一种有序而谨慎的方法达成，就像有时候拼图爱好者所成功利用的方法"。[50]

这里截取两个表格的一小部分，只是为窥探这庞大工程的其中一斑。

限制规则及每条对应的 10 个变量　规则成对使用

0	限制	id	a	b	c	d	e	f	g	h	i	j
1	姿势	1A	跪	下来，蹲	趴	坐	站	上去+层高	进去	出来	平躺	抬起一只手臂
2	活动	1a	画画	谈话	盥洗	色情	分类整理r	看地图	修理	读，写	拿着一块木头	吃
3	引用1	1B	福楼拜	斯特恩	普鲁斯特	卡夫卡	莱利斯	鲁塞尔	格诺	凡尔纳	博尔赫斯	马修
4	引用2	1b	曼	纳博科夫	鲁博	布托	拉伯雷	弗洛伊德	司汤达	乔伊斯	劳里	卡尔维诺
5	人物数	2A	1	2	3	4	5	+5	1.	2.	3.	0
6	角色	2a	业主	业主	业主	证券推销员	工人	其他（调查员，邮递员）	客人	供应商	佣人	朋友
7	第三类	2B	新闻	书目	字典条目，法规	公告	菜谱	药店广告单	记事本，日历	计划书	字典	说明书，手册
8	弹性？	2b	旅行归来	收信	建立关系	利诱	怀旧	做梦	创作	解谜	追寻空想	计划复仇
9	墙	3A	暗沉绘画	黄麻或其他布料	木构件	软木	金属板	单色或几何图案壁纸	鲜亮绘画	Jouy帆布	有图案的壁纸	皮质或聚乙烯
10	地板	3a	英式地板	匈牙利尖地板	断断续续的地板	马赛克或格子地板	方砖	割绒地毯	麻质或丝绸毡	亚麻油毡	铺地砖	编织地毯，剑麻，拉菲草

要素："地点" 变量以章为单位

章节	限制	对应变量	文本
1—在楼道里 ,1	地点	1	故事将从这里开始
2—德博蒙 ,1/ 客厅	地点	2	德博蒙夫人的客厅，几乎被一架演奏大钢琴占满了
3—四楼右侧 ,1/ 客厅	地点	3	这是一个空房间
4—马尔基佐 ,1/ 客厅	地点	4	五楼右侧一间空会客厅
5—富勒罗 ,1/ 浴室	地点	5	六楼右侧的房间是空的。这是一间浴室
6—佣人房间 ,1/ 布雷台尔	地点	6	这是第八层的一间佣人住房
7—佣人房 e,2/ 莫尔莱	地点	7	莫尔莱的房间在九层顶楼
8—温克勒 ,1/ 客厅	地点	8	我们现在看到的是温克勒称之为客厅的房间
9—佣人房间 ,3/ 尼埃多和罗杰斯	地点	9	这是画家于汀安置他的两个仆人约瑟夫和爱·黛尔的房间。
10—佣人房间 ,4/ 简·萨顿	地点	10	顶层的一个小房间

作者搭建出的这个结构更形象地说明，这部小说打破了一般以人物为中心和以时间为线索的叙事，而将空间作为组织叙述的基础，依靠空间的布局组织文本的布局："走马……规定的是地点，而不是这个或那个人物的情感。"[51] 因此要成为理想读者，与作者对弈这场智力游戏，就要把一栋立体的房子装进脑中，跟着作者的脚步和路径追踪蛛丝马迹，慢慢地，读者仿佛也住进了这里。

虽然佩雷克后来承认自己并没有完全遵照他制定的各种表格完成小说——"我做了手脚"（je triche）、"限制规则在一开始给出，但如果我无法用的话……"，[52] 丹尼尔·康斯坦丁（Danielle Constantin）做出过很好的解释："佩雷克以 Oulipo 的方式随时接受自身系统的不完善、不完整和漏洞，甚至自己在系统中添加混乱和缺失。"[53] Oulipo 人设置繁琐规则出于游戏精神，而破坏规则——犯规、犯错——也是游戏的一部分，是 Oulipo 人所推崇的"克里纳门"（clinamen）——原子无法预见的偏移，它的作用经常超乎想象，甚至可以带来宇宙的变化。所以他们不会教条地死守自己制定的规则——规则是为了给写作创造自由，而非束缚："准备工作不算什么。我的意思是计划可以崇高、可以宏大、可以精巧，但它只有在产生了词语、句子时才开始存在。"[54]

佩雷克在"脚手架"的基础上建造了一幅套嵌式结构的立体拼图，或者说他盖起了一座公寓大楼。大楼裸露的外立面让我们获得了遍布细节的纵深感，而且这是一幅有机的拼图，可以无限生长，用佩雷克自己的话说，它是一部"讲故事的机器"（machine à raconter des histoires），"是一本讲述小说的小说，讲述潜在的小说，这些潜在小说未必全都展开了"。[55] 卡尔维诺用《命运交叉的城堡》向我们展示了塔罗牌生成故事的神奇可能性，佩雷克深受启发（"《命运交叉的城堡》对我来说一种榜样"[56]；《人生拼图版》的第55、73章都有对卡尔维诺此书的暗示），用另一种拼贴组合的方式——棋盘式的组合，也是看似平庸乏味的日常元素的重新组合，为我们打造了另一种叙述机制；巴尔特布斯-温克勒-瓦莱纳的故事只是其中展开的一种可能性，还有很多故事"只是在各个篇章里稍作影射"[57]，这是作者留下的未完成的拼图，"因此……我在书的末尾列出了人物和他们出现时刻的索引"，[58] "我的梦想是读者利用索引，在漫游各篇章时重构散乱的故事"[59]。

无尽的"清单"与超级现实主义（hyperréalisme）

　　档案式的列表或者说清单，不仅是回忆、思考、整理生活轨迹和记忆的办法，对佩雷克来说更已经具有了方法论意义，它被直接应用于写作，用克里斯蒂尔·雷吉亚尼（Christelle Reggiani）的话说，佩雷克经常"用列表替换了描写"。[60] 在伯纳德·马涅看来，列表形式本身就具有生产诗意的功能："表格这样的文献形式与佩雷克的写作之间的关系毋庸置疑，它拥有真正诗意的潜在性……一种真正产生审美物品的能力。"[61] 马涅举出的在文献与列表中"提取诗意"的典型一例，就是佩雷克写于1979年，后收录于《思考/分类》中的《我记得Malet & Isaac》（Je me souviens de Malet & Isaac）[62] 一文。Malet & Isaac 是20世纪上半叶在法国非常著名的一套历史教材，也正是佩雷克小时候所学习的教材。作者在十余页的纸面上分别用大小写字母、斜体、加粗等格式，誊写了旧时历史课本中的标题、传奇轶事、关键词语等。佩雷克所玩的这个"简单的拼贴游戏"[63] 在他看来"有效地说明了那种虚伪的历史教学：事件、观念，以及（伟大）人物都像拼图的拼块一样各就各位"。[64] 整篇文字除了前面简短的意图说明，其余长长的部分全是密密麻麻的词语堆积，让读者仿佛突然间闯入一个数据库，信息庞杂，几乎无法卒读，却有一种形式上的意外美感，以及我们或熟悉或陌生的名词、事件、人物之间在新的碰撞组合下产生的陌生空间。

　　《人生拼图版》的正文后面附有一张大楼平面图和长达80页的附录，包括各种索引：人名索引（包括人物的职业，生卒年份，所在页数）、大事年表（西蒙-克吕布里埃大街11号居民1833至1975年间的主要事件）、一些故事对应的文本页码，以及"又及"（post-scriptum）中列出的书中引用到的作者名字（博尔赫斯、卡尔维诺、阿加莎·克里斯蒂、卡夫卡，等等）。

这几份长长的索引让小说看起来如同考据充分、史料确凿的"文献"，然而它们基本上全部是"伪造"的。作者不仅为书中出现的人物取好名字（这些名字来自各种参照，包括其他作家笔下的人物、现实生活中的人名、暗含的文字游戏），还为他们编织出家族谱系、人际关系，以及一生中的重大年份。这些不厌其烦的索引是有意伪造的人类学或社会学文献，容易让人信以为真，又一次制造了一个"社会学家"的假象。但其实作者更在意的是索引、文献作为叙述形式的应用，正如前文中提到的，在他看来，菜谱、字典、明信片都可以成为虚构作品的形式，而无疑索引是他所偏爱的。因此，我们不能将这几份索引真的当做"附录"看待，它们也是小说十分重要的组成部分，没有它们，这本书便不能成为一本完整的"说明书"。

这些清单中的素材无疑来自佩雷克在准备阶段收集的各种材料：词典、百科全书、图录、期刊和各种文献，它们产生了"小说中真真假假的博闻强记"。[65] 正文内容中也常常出现各种类型的清单：关于人物的参考书目（第九章关于画家于汀，第十三章关于罗尔沙斯）、工具清单（第二十章莫罗夫人公司产品）、族谱（第二十一章爱弥儿和热拉尔的族谱）、食物热量表（第四十章），甚至整个第六十八章就是一份清单："尝试清点几年来在楼道里捡到的东西。"[66] 各类清单中有些是作者的杜撰——比如参考书目、族谱；另一些则来自日常材料的堆砌，比如人们在生活中常见到的广告宣传、产品目录、报纸上的填字游戏（佩雷克钟爱的游戏之一）、电影排期表。还包括写刻在实体物品上的各种文字，比如衣服上的商标，刻在桌子上的人名，塑料袋上的警告语。作者还特意用它们在生活中使用时的字体将它们排版于书中，产生一种所谓的即视感（déjà-vu）。这不仅体现出佩雷克对"第三类"文学的狂热，更体现了他用小细节构建回忆的方式，日常生活里的琐碎事物往往是一个个微小的触发器，连接起空间和时间："什么叫住在一个房间里？……什么叫将一个地方据为己有？从哪一刻开始一个地方真正属于你？是从将三双袜子浸湿在玫红色塑料盆里开始吗？是从在气炉上热意大利面开始吗？是从把挂壁衣橱里所有衣架挂满开始吗……"[67] 正如列斐伏尔说，日常生活紧密关联着人的一切活动，是所有活动的聚集之地，而物不仅仅是物品，更是证物，是人类活动和人类关系的证物：

在一个独角小圆桌上放着一个榆木树瘤圆托盘，托盘里有三只茶杯，一把茶壶，一个凉水瓶，还有一个装着一些饼干的碟子。旁边沙发上有一张折起来的报纸，外面只露出填字游戏：格子里几乎仍然空白，只有第一行的 ETONNEMENT（惊奇）和第三纵行的头几个字母 ONION（洋葱）清晰可见。[68]

在一些出乎人们意料的地方还可看到一些堆放之物：暖气片上平稳地放着一个日本漆木拌生菜的大盆，盆底里还剩有拌着橄榄、大米、鳀鱼片、煮鸡蛋、刺山柑花蕾（浸醋可供调味用）、切成长条的青椒和虾的沙拉；沙发下面有一只银盘，盘内没有动过的鸡腿和啃得干干净净的或没啃干净的骨头排在一起；一张椅子里放着一碗粘糊糊的蛋黄酱；一个刻有斯科帕斯著名的《休憩的阿雷斯》图案的青铜镇纸下面放着满满一碟小萝卜，书架顶层上六卷米拉博放荡小说上冒出变硬的黄瓜、茄子、芒果和残剩的生菜，在一条地毯的两个褶子中挤放着一个雕成松鼠状的大奶油夹心烤蛋白点心，放的位置有点悬。[69]

从《物》开始我们就已识别出这种佩雷克式的仿佛拿着放大镜照着事物般的巨细靡遗，物品、文字——所有日常生活细节的堆砌，让人被刻意营造出的真实感所包围，这些堆砌与罗列"不在于物品本身"，"而在于它们的异质性（因此产生奇怪的并置），而且它们并非只是简单的罗列，而是被细致地描述"。[70] 在《人生拼图版》中，佩雷克将"几近怪癖、没有节制的细致入微"几乎发挥到了极致，被认为是在让"述画"（ekphrasis）这种古老的传统复活。[71] 其实这更是佩雷克所说的"超级现实主义"："细节的堆砌，最终使事物变得全然梦幻（onirique），这是不真实的真实或真实的不真实（réel irréel）。"[72] 这也正是罗兰·巴特所说的对日常生活的再现："为何对细枝末节：时间表，习性，饮食，住所，衣衫之类有这般好奇心呢？这是'真实体'（就是那'一度存在过的'物体)的幻觉之昧么？这不就是幻想本身么？它呼出'细节'，唤来微末幽隐的景象，我于彼处可顺当地入港。"[73]

在这种超级现实主义的描述下，物品和"第三类文学"构成了关于大楼里的居民和物品的叙事，同时指向更多潜藏在这座大楼里的未被讲述的故事，比如那些在楼道里捡到的物品——它们多数属于来访者——打开了巨大的想象空间。借助索引的帮助和这些遗留的空间，读者完全可以补写、续写这座大楼里的故事（事实上确实有不少读者这样做），让这部讲故事的机器一直运转下去。而所有这些来自日常生活的物品、文字都带着鲜活的时代生活的烙印，它们构成了一代人的集体记忆；它们也如同对当代文明的未来考古学碎片，凝结了属于那个时代的"证物"。如谢林汉姆所说，这本书似一个"奇珍博物馆，或者一枚时间胶囊的填充物，它们被精心收集，浓缩为文明历史中的一段时期，或者被某场灾难摧毁的文明的遗留"。[74] 因此《人生拼图版》和《我记得》一样，"让文化记忆成为日常生活的一个重要维度"。[75]

在谢林汉姆看来，佩雷克这部百科全书式的小说对于探索普通与世俗生活主要有三方面的贡献：一是对日常性（everydayness）的领会需要间接的方式，"结合各种类型的元素、话语及实践：社会调研，虚构创造，自传式投入，以及形式游戏"；[76] 二是重复出现的机巧设置（device）和主题，它们成为"日常生活的领域和参量：房间与起居空间、物品与清单、短暂的铭文（ephemeral inscription），以及文化记忆的公共性"[77]；第三点，也是谢林汉姆认为最重要的一点，是"日常被视为经验的一个维度，它总是既是集体的，也是个人的"，"让人、行动、历史和群体彼此联结，不是成为固定的或预先设定的图式，而是不断流动，成为佩雷克所说的'浮现'（émergence）"。[78] 的确，因为日常生活是不稳定的，"逃逸"的，所以它无法被固定，更无法被"再现"为真实，但是它能够通过主体的策略性实践不断浮现，获得超越真实的真实感；它们的每一次浮现都是时间和空间的重新连接，让一切都来到当下，获得一次被重新叙述、重新体验的机会。这也正是佩雷克的现实主义之前提。

《人生拼图版》出版后第二年，也就是 1979 年，佩雷克出版了小说《艺术爱好者的收藏室》。

《艺术爱好者的收藏室》在叙述结构上与《人生拼图版》类似，只不过这次作者将叙述的框架集中于一幅画：1913 年在德国展出了德裔美国收藏家赫尔曼·拉夫克（Hermann Raffke）收藏的一幅名为《艺术爱好者的收藏室》的画，画面表现的是收藏家本人站在自己的画室，对着三面墙上自己所收藏的所有画作；也就是说拉夫克收藏的所有画作都在这张画中被重新画了一遍。在艺术史上，这种"收藏室"（cabinets d'amateur，德语中的 Kunstkammer）是一种由来已久的传统，这种"画中画"结构被佩雷克应用到写作当中，书的每一章对应墙上的其中一幅画，如同《人生拼图版》中每一章对应大楼的每一个房间，各章的拼接最后也会形成一幅完整的拼图。作者用整本小说又做了一张清单，清点画中之画，用每一章来讲述其中一幅画的画面、主题、创作这幅画的画家生平或者藏家赫尔曼·拉夫克是如何买下这幅画的。在书的末尾，佩雷克告诉读者，有些画作确实真实存在，而其余大部分画作及其细节都是作者杜撰的，但被有意归到某位真实存在的画家名下。

《艺术爱好者的收藏室》是佩雷克对《人生拼图版》未尽之

情结，作者很享受楼中之屋、画中之画的套嵌游戏。前者如同后者的一篇"续集"或者说故事的继续编织，以画作为特定的主题，扩写《人生拼图版》中关于那些画的故事，这也是为什么两本书中有如此明显的互文：《艺术爱好者的收藏室》中有许多画正是出现在《人生拼图版》中的。另一方面，由于佩雷克对"收藏家画室"传统的绘画做了深入了解和材料收集，因此"这本书本身就如一个美术馆"，[79] 将游览美术馆的视觉体验转化为文字体验，既是对视觉作品进行语言描述的修辞练习，也是让绘画作品在连接起与之相关的人、事、物时，给人单纯面对一幅艺术作品时所无法获得的纵深感。

卡尔维诺说："佩雷克的作品中总是散发着收藏家的气息"，"在生活中他并不是一个收藏家，或者说他收藏的仅仅是词语、概念与记忆……他收藏的是独一无二的人物、东西和事件的名称。当代文坛最大的弊端是一般化，但佩雷克受这种弊病的影响最小"。[80] 如果说《艺术爱好者的收藏室》是佩雷克收藏家气质的浓缩体现，其实在所有作品中，他总是时不时向我们展示他的收藏，无论是《物》《人生拼图版》中对各种物品的罗列，还是用一篇文章细数曾经住过的房间，或者他在《我记得》中收藏的记忆，以及他为"城市植物志"所准备的各种"第三类文学"样本。如此看来，佩雷克的确是个有收藏癖好的人，但他不是被动地收集物品，将它们囤积起来，坐在沙发上欣赏自己的收获。他是一个主动创造的收藏家，对于他所感兴趣的一切，他都要找到属于它们的"词语、概念与记忆"，并将它们转化为自己的叙述，甚至要为它们分类，列出详细的清单。通过这样的方式，他在营造出一种超越真实的"真实感"的同时，将所收藏之物重新创造了一次，这让他在拥有"藏品"的同时，发现了藏品的潜在性，继而创造了新的事物。这是一种创造性的收藏，颠覆了"收藏"的本来含义：不是拜物或占有的快感，而是佩雷克乐在其中的战术——不被"一般化"所侵蚀，改变人与周遭环境和自身经历之间的被动关系，转变资本主义的社会化程序，"艺术地"成为日常生活的收藏家。

注释

1. 《美国讲稿》，第 118—119 页。

2. *Espèces d'espaces*, op. cit., p81.

3. *Entretiens et Conférences Vol. 2, op. cit.*, p.208.

4. 《美国讲稿》，第 111 页。

5. 同上，第 112 页。

6. 同上，第 115 页。

7. 同上，第 116 页。

8. *Entretiens et Conférences, Vol. 2, op. cit.*, p.36.

9. ibid.pp.36—37.

10. 乔治·佩雷克：《人生拼图版》，丁英雪、连燕堂译，合肥：安徽文艺出版社，1999
    年，第 1 页。

11. 《人生拼图版》，第 2 页。

12. *Entretiens et Conférences Vol. 2, op. cit.*, p.258.

13. 《人生拼图版》，第 2 页。

14. 同上，第 3 页。

15. 同上，第 4 页。

16. 同上，第 5 页。

17. 《空间的诗学》，第 27 页。

18. 《空间的诗学》，第 31 页。

19. 事实上，佩雷克曾多次表达过该书的三个主要人物是巴尔特布斯、温克勒和瓦莱纳。

20. 《人生拼图版》，第 6—7 页。

21. Petal Michell, "Constructing the architext: Georges Perec's Life a user's manual", *Mosaic*
    37/1（March 2004）. pp.1-16.

22. 《人生拼图版》，第 13 页。

23. 同上，第 79 页。

24. "Constructing the architext: Georges Perec's Life a user's manual". *Mosaic* 37/1（March
    2004）. pp.1-16.

25. 《人生拼图版》，第 79—80 页。

26. 同上，第 80—81 页。

27. 《人生拼图版》，第 143 页。

28. 同上，第 243 页。

29. 同上，第 243—245 页。

30. *Entretiens et Conférences Vol.1, op. cit.*, p.239.

31. *Entretiens et Conférences Vol.2, op. cit.*, p.214.

32. Préface de Bernard Magné, Georges Perec, *La vie mode d'emploi*, Paris: Hachette, 2010,
    p.9.

33. 《人生拼图版》，第 486 页。

34. *Entretiens et Conférences* Vol. 2, pp.238-239.

35. Préface de Bernard Magné, Georges Perec, *La vie mode d'emploi"*, *op.cit.*, p.10.

36. *Entretiens et Conférences Vol. 2, op. cit.*, p.214.

37. 《人生拼图版》，第 14 页。

38. *Penser/Classer*, op. cit., p.12.

39. *Entretiens et Conférences Vol.1, op. cit.*, p.238.

40. *Oulipo, Atals de littérature potentielle, op. cit.*, pp.387-395.

41. ibid.

42. ibid.

43. 佩雷克自己的解释是："一只小老鼠吃掉了一块。这是为了打破对称，掩盖结构。"（*Entretiens et Conférences* Vol1, p.240.）

44. *Oulipo, Atals de littérature potentielle, op. cit.,* p.388.

45. 《佩雷克研究》，第 251 页。

46. *Entretiens et Conférences Vol. 1, op.cit.,* pp.236-244.

47. Georges Perec, *Le Cahier des charges deLa Vie mode d'emploi*, sous la direction de Hans Hartje, Bernard Magnéet Jacques Neefs, Paris, CNRS Editions/Zulma, coll.《Manuscrits》, 1993.

48. http://escarbille.free.fr/vme/?chap

49. *Oulipo, Atals de littérature potentielle, op. cit.,* p392.

50. Bernard Magné, "Le Cahier des charges de *La Vie mode d'emploi*: pragmatique d'une archive puzzle", *Protée*, vol. 35, n° 3, 2007, pp.69-85.

51. *Entretiens et Conférences Vol. 2, op. cit.,* p.166.

52. ibid. p187.

53. Danielle Constantin，"Ne rien nier.Enoncer, La mise en place des instances énonciatives et narratives dans les premiers temps de la rédaction de *La vie mode d'emploi* de George Perec", *Texte*, 2000, 27/28, pp.267-295.

54. *Entretiens et Conférences Vol. 2, op. cit.,* p.185.

55. *Entretiens et Conférences Vol. 1, op. cit.,* p.240.

56. ibid.

57. ibid.

58. ibid.

59. ibid.

60. Christelle Reggiani, *L'Eternel et l'éphémère. Temporalités dans l'oeuvre de Georges Perec* Amsterdam: Rodopi, coll. "Faux titre", 2010. p.98.

61. Bernard Magné, Le Cahier des charges de *La Vie mode d'emploi*: pragmatique d'une archive puzzle", *Protée*, vol.35, n° 3, 2007, pp.69-85.

62. *Penser/Classer, op.cit.,* pp.73-86.

63. ibid. p.74.

64. Ibid.

65. Danielle CONSTANTIN，"Ne rien nier.Enoncer, La mise en place des instances énonciatives et narratives dans les premiers temps de la rédaction de *La vie mode d'emploi* de George Perec", *Texte*, 2000, 27/28, pp.267-295.

66. 因原文与中文版译法略有不同，故引用法文版原文并翻译（*La vie mode d'emploi,* op.cit. p.391）。

67. *Espèces d'espaces, op. cit.,* p.50.

68. 《人生拼图版》，第 115 页。

69. 《人生拼图版》，第 148 页。

70. *Everyday life: Theories and practices from surrealism to the present, op.cit.,* pp.287-288.

71. J. Arnoux, "Un pictura Perec", *Le Magazube Littéraire*, No.326, mars 1983.

72. *Entretiens et Conférences Vol.2, op. cit.,* p189.

73. 《文之悦》，第 65 页。

74. *Everyday life: Theories and practices from surrealism to the present, op. cit.,* p.283.

75. ibid.

76. ibid. p.290.

77. ibid.

78. Ibid.

79. 1980 年佩雷克与 Gérard-Julien Salvy 的电台访问，转引自 Manet van Montfrans, "Georges

Perec, d'un cabinet d'amateur à l'autre" , *Etudes romanes* no 46, Georges Perec et l'histoire. Actes du colloque international, Université de Copenhague (du 30 avril au 1er mai 1998), Steen Bille Jørgensen et Carsten Sestoft (éds.), Copenhague, Museum Tusculanum Press, 2000, pp.105-129.

80. 《美国讲稿》，第 117—118 页。

第五章
佩雷克与当代艺术

我想，作为一个画家的话，我最好被一位作家影响，而不是被另外一位画家。

——马塞尔·杜尚[1]

专注佩雷克研究的学术刊物《佩雷克手册》（*Cahiers Georges Perec*）的第十期以"佩雷克与当代艺术"为专题，将关注点放在佩雷克的创作与当代艺术之间的呼应和联系上，并把佩雷克也放到了一位当代艺术家的位置看待。在这期专题中，法国当代作家弗朗索瓦·邦（François Bon）提出，佩雷克的《空间种种》为对城市变化感兴趣的艺术家提供了实用性工具和理论；克里斯蒂尔·雷吉亚尼则认为佩雷克的作品在视觉艺术方面引发的创作丰富性远胜过在文学上留下的财富；让-马克斯·克拉尔（Jean-Max Colard）甚至在《佩雷克与展览》一文中提出，佩雷克是当代"作者展览"（exposition d'auteur）的源头："艺术家和机构不仅向他借用标题，还借用其展示模式。"[2]

《佩雷克手册》在此之前已经有两期专题专门讨论佩雷克与视觉艺术之间的关系：第六期"首先是眼睛……佩雷克与绘画"（L'œil d'abord, Georeges Perec et la peinture, 1996）和第九期"电影术"（Le cinématographe, 2006）。第十期专题的不同之处在于，其中收录的研究文章不再仅仅局限于以绘画、摄影和电影几种媒介为参照，审视佩雷克与艺术之间的联系，而是将视野拉到更广阔也更当代的艺术创作领域：观念艺术、录像艺术、装置、设计等，也包括策展。其中收录的一篇文章的作者让-皮埃尔·萨尔加斯（Jean-Pierre Salgas），就是 2008 年在南特美术馆（Musée des Beaux-Arts à Nantes）举行的展览“睁大双眼看，看吧！——乔治·佩雷克与当代艺术”（*Regarde de tous tes yeux, regarde!*）的策展人。2008 年是《人生拼图版》出版 30 周年，该展览借此机会以佩雷克自己归纳的四个创作领域——社会学的、游戏的、自传的、故事的——为线索，梳理了在不同方面与佩雷克的实践有所联系的十几位当代艺术家的创作。展览的组织者们意识到，佩雷克所探索的四个领域和他对日常细节的关注、对微小叙述的开发，也是 20 世纪 60 年代起发展起来的当代艺术所关注的领域和探索的方向：“正是出于对细节的关注，这些艺术家无疑与佩雷克站在同一领域。他们不追寻非凡和新奇，反而将目光投向平凡、简单的事物，每个人都能在日常生活中发现的事物。”[3]

正如艺术批评家让-马克斯·克拉尔所指出的，佩雷克却又是“二战后最常被‘当代艺术家们’提及、引用、借用、向往和重复的作家”。[4] 佩雷克一再被放在艺术领域讨论，一再被艺术家们提及，正说明他的实践所触及的维度从来不仅仅专属于文学创作。佩雷克与艺术之间有着怎样的联系？他为何也可以被看成一位当代艺术家？他针对日常生活的实践如何与同时代的其他实践互相呼应，又为后来的创造性实践提供了哪些具有参照意义的工具或启示？本章的分析探讨正是为了回答这些问题。

艺术“发烧友”佩雷克

佩雷克自身的实践领域并不局限于纯文字类的创作，他也是摄影爱好者，从事剧本创作，还曾多次涉足电影领域：1974年，佩雷克与导演伯纳德·奎珊（Bernard Queysanne）合作，将自己出版的第二部作品《睡觉的人》改编成电影搬上银幕；1978 年，佩雷克又将自己的另一篇文字《神游之地》（*Les lieux d'une fugue*）改编为 41 分钟的短片；1979 年，他与导演罗伯特·鲍勃（Robert Bober）合作的《埃利斯岛叙事》（*Récits d'Ellis Island*）拍摄完成。和同一时期的许多作家一样，佩雷克在那个叙事媒介日益多元、学科界限不断被打破的年代尝试着“跨界”创作；在一定意义上或者也可以说，当表达的媒介日益丰富，佩雷克也在用文字之外的方式拓展着他的写作。佩雷克的文字创作也曾从其他艺术形式中获得提示，如前文中提到的，《我记得》的创作受到一位美国艺术家创作的启发，《人生拼图版》也多少得益于一幅画的启示。

另一位重要的佩雷克研究者让-吕克·乔利（Jean-Luc Joly）曾写道，佩雷克的"个人兴趣更多在古典艺术上，对现代艺术的兴趣要少一些"，[5] 而且，他甚至"不了解当代艺术"[6] 这回事。佩雷克或许没有听说过"当代艺术"这一专有名词，但是他对当代艺术是否真的一无所知，我们会在随后的文章中有所涉及。而他对于古典艺术和现代艺术——尤其是绘画——的兴趣，我们在他的作品中能够找到充分的例证。绘画作为物品、作为人物的行动，以及作为事件在佩雷克的写作中出现之频繁，足见佩雷克对绘画这一视觉艺术形式的热衷。

《艺术爱好者的收藏室》无疑是佩雷克对绘画之爱的典型体现，这部作品更重要的意义在于他表达这种热爱的方式。当然，佩雷克的其他作品也时常透露出这份"艺术之爱"：

> 墙上挂着三幅版画，其中一幅画着爱普森赛马会上的冠军，一匹唤作"雷鸟"的马，另一幅表现的是"蒙特罗城"号桨船，第三幅上绘有斯蒂文森式火车头。[7]

> 顺着四壁，从上到下堆满了精装或简装的书刊，其间还夹杂着不少版画、素描和照片。这里有墨西拿的安托内洛的《圣热罗姆》，一幅《圣乔治的凯旋》的局部摹本，一幅皮拉内西的监狱图，一幅安格尔的肖像画，一幅克利手绘的小型风景画……[8]

以上两段文字都来自《物》，它们都属于作者在书的一开头对主人公家居环境的描写。从早期的创作开始，绘画就已经是佩雷克素材库里重要的一个类别。作为装饰性艺术品，绘画在日常生活环境里的出现透露出一种"小资"的社会属性和生存状态，这种状态属于以书的主人公为代表的那一时代的年轻人，也属于作者本人（《物》中有很多作者个人生活经历都被"转写"在其中）。此外，绘画作为不同时期的人类文化产物，亦是人类文明的"考古"对象，它和其他文化产品、艺术品一样，共同构成了某一时期的人类文化图景。此外，佩雷克儿时曾向往成为画家，我们有理由相信，通过在写作中对绘画进行描述，佩雷克也在延续着心中对绘画不散的情结。这一情结在《人生拼图版》中又一次得到凸显：隐蔽的叙述者瓦莱纳是一位画家，他的学生巴尔特布斯用二十年时间游历世界各地画水彩画；作者还花了很多笔墨在另一位画家于汀身上："他在巴黎的客厅在几年中成为频繁的艺术活动场所。50 年代中期到 60 年代，在这里举行过著名的'于汀星期二沙龙'"，这个沙龙"对当代艺术的某些重大倾向的影响至今还在"。[9]

佩雷克在《人生拼图版》中也用了很多笔墨来描写作为物件本身的绘画，例如对马西亚太太的古玩店里的五幅画的精确描述，[10] 德博蒙夫人膝盖上摊开的画册中的那幅"著名的斯特拉斯堡派万物虚空画"，[11] 等等。在谈起作品中的"超级写实主义"描写时，佩雷克也提到"超级现实主义"绘画对其写作的影响："描写要继续到看上去不真实的细致程度。不知您知不知道一个意大利画家格诺利（Gnoli），超级写实主义画家，他画打着领带的衬衫领子，是在一幅两米乘两米的画布上。他还画裤子上的褶子，极其细致。简单来说，层次的变化让一个物品变得全然梦幻。"[12]

如果真的如让-吕克·乔利所说，佩雷克对古典艺术的喜爱胜于现代艺术，那么这也许是数量上的比较。无论从时间上还是从创作观念和精神上来看，佩雷克都与现代艺术、甚至当代艺术更为贴近。《我记得》中的第 118 条就是："我记得伊夫·克莱因（Yves Klein）在阿松普雄（Assomption）大街的阿伦迪画廊的展览。"[13] 让-马克斯·克拉尔在文章中提醒我们注意：佩雷克本人曾住在阿松普雄大街 18 号，距离科莱特·阿伦迪（Colette Allendy）画廊不远，这个画廊是 20 世纪 50 年代许多前卫艺术活动的著名发生地。同时，我们发现在佩雷克所写过的文章中，有一篇就叫做《在阿松普雄大街走来走去》。[14] 让-马克斯·克拉尔还猜测，《人生拼图版》中之所以会出现弗朗索瓦·莫雷利特（Fransois Morellet）的名字，或许是因为他在阿伦迪画廊见过莫雷利特的作品（莫雷利特的第一次个展就是1950 年在该画廊举行的，而这位艺术家的创作观念和方法上与佩雷克及 Oulipo 都存在一定程度的契合）。

让-马克斯·克拉尔甚至认为，伊夫·克莱因用单色画（monochromes）甚至是"空"[15] 所做的非物质化（immatériel）尝试，在佩雷克的《空间种种》中能够找到回应。在该书中有一段标题为"一个无用的空间"的文字："好几次我尝试想象一间公寓里有一个完全无用的房间……它什么用处都没有，什么都不反映"，[16] "但不管怎么努力，我都无法对这个思路、这个画面追踪到底。在我看来，语言本身不适用于描述这种无、这种空……"[17] 因此，在克拉尔看来，对于伊夫·克莱因所追求的空，作者的追求失败了。[18]

或许佩雷克自己都没有意识到，伊夫·克莱因对他的空间认识产生了潜移默化的影响，又或许让-马克斯·克拉尔所说的回应只不过是二人思考的不谋而合。但是另一位艺术家对佩雷克的影响则是众所周知的，那就是保罗·克利（Paul Klee）。

佩雷克多次公开表示，克利是他最喜爱的艺术家："如果说有一个画家影响了我的创作，那就是保罗·克利，但我不知道确切的影响是什么。"[19]

早在1959年，年轻的佩雷克就写过一篇《克利的辩护》（Défense de Klee），[20] 在后来的人生里，他多次在访谈中提起这位画家的名字；在《人生拼图版》的前言中，作者首先引用了保罗·克利的《教学笔记》中的那句话："眼睛注视着作品中为它开辟的道路。"[21] 在一次访谈中，佩雷克谈到了他与克利的一致性在于从不重复创作："毕加索的作品总是一样的，如同同一张画的各种变形，尽管用了各种各样的技艺。相反，克利的每张画都不一样，每张画都在解决一个不同的问题。我属于克利那一类的艺术家。"[22]

无论是对克利，还是对其他艺术家和作品，佩雷克都没有做出过系统性的阐释或评论——"我绝对不是艺术批评家"；[23] 相比于绘画的技术知识，他更重视对画面的描述；相比于绘画的理论，他更在意画家的日常工作。在一次专门谈论自己与画家之间的各种合作的演讲上，佩雷克说起自己受到画家邀约为画册撰写文章后如何处理："这相当困难……我能做什么……我唯一能做的事，就是到画家的工作室坐上一整天、两整天、三整天，看他怎么工作，听他向我解释他想做的事，他怎么推进……然后尝试在我自己的工作中找到与他的工作的一些贴合之处。"[24] 这番话或许很好地解释了佩雷克与绘画的关系，绘画不仅是他的个人兴趣，是他对日常生活事物做"社会学"考察的对象之一，更是他主动（有时也不免被动）地为自己的工作树立的参照。

当代艺术家佩雷克？

佩雷克或许对于与他同时在"行动"的当代艺术了解得并不深入，但是他并非对当代艺术一无所知，至少他曾明确提到过波普艺术并认为这种艺术与他所追求的当代法国文学有着相同特征即"引用"（citation）。[25] 只不过，佩雷克对当代艺术同时抱有一种不信任感，甚至对它抱有怀疑、讽刺的态度。《人生拼图版》中有这样一段描述：

60年代末期，使观众感到的惊奇的意外的无意义的舞台演出开始在巴黎流行，沙龙的主要精华逐渐被人冷淡。曾经频繁光顾的记者和摄影师认为沙龙是有点儿老一套的玩意儿，他们更喜欢更加野味的北非军乐，在演出中，某一些吃电灯泡，而另一位有条有理地拆卸暖气管，有一位用刀切动脉，写血诗。[26]

而在写于 1981 年的文章《关于布堡》[27]（Tout autour de Beaubourg）中，佩雷克这样表达对兴建于 70 年代的蓬皮杜中心的看法：

在条条街道、历史古迹，以及同样承载甚至超载了历史与传说的住宅之中，乔治·蓬皮杜中心有点像个巨大的天外来客，我们还不知道它脱离了防护衣和全套管子的武装之后是否能够存活……[28]

当代艺术的殿堂级人物马塞尔·杜尚也是 Oulipo 的一员，佩雷克不可能对杜尚的创作一无所知，不然在《人生拼图版》和《艺术爱好者的收藏室》中，也不会有一位叫 R.Mutt 的画家画了一幅《新娘肖像》（*Portrait de jeune mariée*）。在 1981 年的一次讨论会上，佩雷克对 Oulipo 的几乎所有成员做了介绍，他对杜尚的介绍是："一位非常著名的画家。"[29] 他对杜尚身份的这种确认，或许说明了他的艺术趣味的确更加倾向于古典，而且专注于绘画这种类型，这种偏好或偏见，或许阻碍了他与同时代的其他艺术家进行更深入的交流。

但是跟艺术家和其他领域的实践者一样，佩雷克的创作必然顺应自己的时代而动，是对身处时代——包括政治事件、思潮、生活方式，以及创作媒介的变化——的感应和回应。

摄影的普及不仅给传统绘画，也给作为另一种再现形式的文学带来冲击。超现实主义者们率先对这种冲击做出回应，布勒东的《娜嘉》（*Nadja*）、艺术家曼·雷（Man Ray）与诗人艾吕雅（Paul Eluard）的合作（*Facile*, 1935）就是用摄影媒介瓦解再现性叙事，将影像和文字的交叠运用于文学和艺术创作的范例。画家毕加索则开始将纸页用于拼贴作画。被达达派和超现实主义者所钟爱的"拼贴"毋宁说是将叙述在文字与视觉之间进行了重新分配。到了 20 世纪 60 年代，艺术家对文学形式的借鉴成为艺术创作中的一种趋势，此时兴起了观念艺术、偶发艺术等艺术思潮，观念艺术家们拒绝过度视觉化的艺术、反对艺术品的商品形态，而更倾向于让作品描述自身；约翰·凯奇创造了一种叫做"离合诗"（Mesostic）的体裁——大写字母退到句子的中央，而不是按照"规范"位于句子的开头；而在凯奇的影响下，激浪派艺术（Fluxus）蓬勃展开，他们"试图否认艺术与日常之间的距离"，[30] 倡导对任何可触及的材料进行创作，尤为重视关于社会的、政治的话语型实践，探测所要实现的项目和"实现的自发性"[31]之间的地带。到了 70 年代，图像和文本更加深入的互动进一步丰富了叙述的形式。也是在这样的年代，电影，以及 60 年代开始发展起来的录像艺术，同样打破了叙事的结构，蒙太奇观念重新界定了叙事的可能性，并发展出对叙事重新演绎的空间。反过来，电影的叙事手法被越来越多地用于文本叙事，二者的交叉渗透产生了新的文本型，阿兰·罗伯-格里耶的某些作品就被冠以"电影—小说"（ciné-roman）之名。越来越多的作家参与到电影的工作当中，电影成为他们写作工作的一部分，或者是文本空间的延伸。佩雷克虽涉足电影，但是他的介入程度显然不如新小说作家玛格丽特·杜拉斯或罗伯-格里耶之深。

然而，叙述、美学、日常生活在文本与视觉媒介之间的重新分配，印刷媒介渐渐失去其主导地位让传统的文学褪去了神秘的、优越的光环，这催生文学形式的变革，作家需要找到作为媒介之外的文字自身的自治性，亦即找到文学空间之外的文字与"写作"。"睁大双眼看，看吧！"的策展人让-皮埃尔·萨尔加斯认为，在文学领域，格诺率先做出的变革尝试与杜尚之于当代艺术（视觉艺术）拥有同等的重要性。萨尔加斯借用诗人、艺术家丹尼斯·罗什（Denis Roche）的说法：杜尚在文学领域是不可能的，[32]而格诺却很早就开始发掘文学领域的可能。1929 年，格诺因反对布勒东的"复辟的现代性"（la modernité restauratrice）而与超现实主义团体决裂，他反对"在一长串数量不确定的篇章中推进表面真实人物的不确定性"，主张小说"应该如十四行诗一样遵守严格的规则"。[33]格诺于 1942—1947 年所创作的《文体练习》（*Les exercices de style*），用 99 种方式讲述了同一个故事，这正是佩雷克也是罗兰·巴特所倡导的"写作"。佩雷克在《W 或童年的记忆》里借鉴了格诺的"文体练习"，用全然不同的两套叙事策略和技巧讲述自己的故事；格诺去世两年后，佩雷克用《人生拼图版》的 99 章向格诺致敬，书的扉页即写着"纪念雷蒙·格诺"。格诺与杜尚的好友勒·里奥奈创建的"潜在文学工场"则成了佩雷克大半生的试炼场："我作为作家的生涯百分之九十取决于我在自身训练和写作工作的交替时期认识了 Oulipo。"[34]

佩雷克创作的主要时期集中在 20 世纪六七十年代，在这一时期，法国成为商品的重要生产者也是消费者，人们愈发关心生活的幸福和社会的进步。其间爆发了 1968 年五月事件；在佩雷克写作《物》的时候，一些艺术家已经开始用现成品创作艺术作品。正如萨尔加斯所指出的，佩雷克集中创作的这十几年中，法国的当代艺术有两次重大事件，一是展览"1960—1972，法国当代艺术十二年"的举行，这场又名"蓬皮杜展"的展览第一次使用"当代艺术"这个词冠名，在展览画册中；让·克莱尔（Jean Clair）特别提到了《物》，称其为一部标志性的书；二是乔治·蓬皮杜中心的建成，这座专为现当代艺术而设立的美术馆将第一次展览献给了杜尚。在这一时期，佩雷克一直将目光投向日常生活，看向消费景观宰制之下的被忽视的可能性，追问物品超越图像与符号之外的意义；关注城市空间的内在机制，记录空间与人的变化；将人类学、社会学的认知方法用于自己的文学创作，用虚构策略开发关于微观个体的"小叙事"。也是在这一时期，艺术成为社会学研究的对象，艺术的社会性得以被考察和表述，如布迪厄在 1965 年和 1966 年分别写下了《中等艺术》（*Un art moyen*）和《艺术之爱》（*L'Amour de l'art*）。

社会学的、自传的、游戏的、故事的，关注这四个领域及它们之间互相渗透、互相包含，也是佩雷克同时代的艺术家、知识分子共同感受到的紧迫性与必要性，"倾斜的目光"也是他们不约而同选择的看待现实、看待日常生活的角度。正如萨尔加斯所说，"整个 1960 年代以来我们所谓的'正统'当代艺术，都可以用佩雷克的几个领域被重新思考—整理"。[35]。比如波尔坦斯基（Christian Boltanski）的对记忆进行的工作和苏菲·卡尔（Sophie Calle）在自传 / 自我虚构（autofiction）方面的种种尝试。20 世纪 60 年代末期，波尔坦斯基制造了另一个自己的童年回忆：他假造了一篇小学时的作文，并用孩童字体署上自己的名字和相应日期（*Composition de récitation de Christian Boltanski-juin*，1950）；70 年代他又用照片伪造自己的童年文献（*10 portraits photographiques de Christian Boltanski*，1946—1964）。70年代末，苏菲·卡尔——她多次承认自己深受佩雷克影响——开始用图像和文字的蒙太奇讲述自己的（虚假）经历（如"*Faux mariage*"），她的方式被称为"照片—小说"（roman-photo）。

又比如佩雷克的"地点计划"，萨尔加斯认为它是佩雷克一项未完成的"当代艺术"项目，德里克·席林也将"地点计划"与六七十年代观念艺术中的作品相提并论。[36]的确，20 世纪 60 年代晚期，艺术领域开始出现很多类似的尝试，比如理查德·朗（Richard Long）在一块草坪上来回走动并用相机拍下走过的痕迹（*A Line made by Walking*，1967）。[37]在实施"地点计划"时，佩雷克要经常到某一地点进行现场写作，还有上文提到的，他到十字路口现场描述所见所闻的的行为，这些行为中的"现场"（in situ）感，正是六七十年代艺术表达中非常重要的概念之一，比如道格拉斯·胡埃贝勒（Douglas Huebler）的作品 *Location Piece #1*（1969）：艺术家用作品记录了一个现场的状态。[38]

让-吕克·乔利则提醒我们注意，在佩雷克写下《人生拼图版》的年代，美国艺术家、"无政府建筑师"（anarchitecte）戈登·玛塔-克拉克（Gordon Matta-Clark）在不知道佩雷克想象了一座外立面被揭去的公寓楼的情况下，已经实现了其房屋切割的行动：无论是（在美国）将房屋的外立面真的揭去或将房屋一切为二，还是在（巴黎）布堡的废弃房屋上切割一个巨大的洞，抑或对地下空间的探索，都"无意中实现了《空间种种》中提出的想法"。[39] 他们不约而同地关注对城市空间本身的实践，在空间层面探讨着"次普通"。让-马克斯·克拉尔则提到丹·格雷汉姆（Dan Graham）1978 年的作品《改建一座郊区房屋》（Alteration to a suburban House）："将一座郊区的普通房屋的外立面揭去，代之以一块透明大玻璃板……"[40]

在萨尔加斯看来，《人生拼图版》的"计划手册"本身也如同一件当代艺术作品，足以与里希特（Gerhard Richter）的《图集》（Atlas) 或索尔·李维特（Sol Lewitt）的书相提并论；《人生拼图版》中的三位主人公：巴尔特布斯、温克勒、瓦莱纳，以及画家于汀"所投入的工作超越了绘画本身，他们跟书的作者佩雷克一样，都是严格意义上的当代艺术家"。[41] 佩雷克用《人生拼图版》所做的尝试无异于继格诺之后继续"将文学变成了当代艺术"。[42] 他围绕书写所做的探索打破了媒介、流派、甚至国籍、代际的界线，不断跨越将文学与艺术分开的那道并不清晰的边界。这正如德勒兹所说的：写作也是在成为作家之外的人。因此，策展人萨尔加斯并非想"用当代艺术来诠释佩雷克，而是让二者在彼此的目光下互相定义。佩雷克是一台探照灯：他看着当代艺术，当代艺术也看着他、反射、思考着他"。[43] 从这个角度看来，佩雷克无疑与其他实践者站在同一片场域，他们共同构成了那个时代的一片星丛（constellation）。他们中有观念艺术家、造型艺术家，恐怕也要算上佩雷克同时代的一群作家们——无论佩雷克本人认可与否——新小说作家群体、原样派，以及在创造性实践形式中走得更远的潜在文学工场。佩雷克是其中的一个参照点，从这个点出发，我们能重新勾连、整理出当代艺术的另一种网络面貌，特别是文学与当代艺术的关系，二者并非壁垒分明的两块阵地，相反，它们在互相为彼此打开了更广阔的视野的同时连成了一片。当我们从不同角度切入佩雷克的实践（不仅仅是他的作品，更值得留意的是他的工作方法和他如何处理自己所关切的问题），对佩雷克的全面审视每次都会带来不同的景象，也总能发现被遗漏的事物。因此萨尔加斯对佩雷克的称谓是非常确切的——佩雷克这个参照点如同一个装满"工具和思想的盒子"，[44] 在这个意义上来看，佩雷克是十足"当代"的。

因此，真正重要的并非要在当代艺术中找寻佩雷克的痕迹，或强调佩雷克从当代艺术中借鉴了多少，而是我们应该认识到，自 20 世纪 60 年代以来，在过去定义不同实践类型的壁垒被打破之际，从事创造性实践的人们面对着共同的问题，他们采取相近或相异的角度切入这些问题的方方面面，更注重创作的过程及其带来的经验维度。无论是文学创作，还是电影、戏剧、艺术作品，都是在上演"人类主体与社会结构之间的互动"，[45] 这些行动能够揭示日常生活"关联性的、述行性的（performative）方面"[46]。因此，写作与其他形式的创造性实践同样是在承认现实复杂性的前提下，提出关于生存、关于人与人之间、人与世界之间的关系的问题、计划与构想，同样是在已知的时空中探索我们尚未触及的可能现实，它们通向对现实更为全面清醒的认识与构建，通向日常生活的现实主义。因此雅克·本对于格诺与"潜在文学"的肯定，也肯定了佩雷克和像佩雷克一样相信潜在性、投身现实（而不是浮在现实表面）的实践者：

> 如果有人开始意识到，潜在性不仅只是一种创作技巧，更是一种文学构想，那么这个人也许就会承认它通向一种完美、正统的现代现实主义。因为现实永远只会展现出一部分，并且批准成千上万的阐释、含义和解决方法，每一个都是有可能成立的。因此，对潜在性的关注可以将一个作者从文学沙龙的封闭性和郊区的平民化中解放出来，我们这个时代中的现象，势必会腐蚀他的笔和他的灵感。[47]

"腐蚀"现象似乎也是雅克·本的一句预言，在回看了佩雷克及其时代的创作实践后，我们对今天的创作局面会有所反思。现实主义并非一个过时的属于某个特定时期的说法，相反，正因为现实就是我们生存的时时刻刻，我们才需要耗费心力去理解现实、把握现实，改变甚至创造我们的现实。无论在文学还是艺术创作中，妨碍我们通往现实的，往往是作品带来的现实主义幻觉（realistic illusion）。这种幻觉总是与我们经验的现实相伴而行，因而在当下的时代，我们需要提出当代话语与社会结构下的"当代现实主义观"。我们仍然需要佩雷克这样的艺术家，不迷恋"造物"，不拘泥审美，而是能够提供工具与思想上的借鉴，分享与现实世界建立关系的智慧。

向佩雷克致敬

自佩雷克去世后，法国各地曾举办过多个向这位拥有巨大潜在性的作家致敬的展览。早在 1993 年，蓬皮杜中心的公共信息图书馆（BPI）与佩雷克研究机构"佩雷克协会"（Association Georges Perec）就合作举办了专门纪念这位作家的展览"乔治·佩雷克"。展览架构也是按照佩雷克自己归纳的四个领域为主题，分别以其代表作品为核心组织展览素材。

第一主题"社会学"以《我记得》和《物》为代表，作为对 20 世纪 60 年代社会状况、言论和思潮的回顾。在这一部分，展厅里呈现了许多 60 年代的典型物品（如唱片、杂志），书架上陈列了佩雷克及其"导师"们——巴特、列斐伏尔等人——的书；同时对佩雷克早期参与创办《总路线》杂志的状况进行了回顾。

第二主题"游戏"主要回顾佩雷克作为 Oulipo 成员的各种文字实验，进而展示文字自身的潜在力量。因此展厅里陈列了有关 Oulipo 的文献、佩雷克进行"回文诗"等文体练习的手稿、制作填字游戏和拼图游戏的手稿等。展厅还特意设置了向公众开放的互动文字游戏，让观众"与佩雷克一起游戏"。

第三主题以《人生拼图版》为"故事性"的代表，揭开这部"讲故事的机器"的构建机制，因此这样的展示，需要像佩雷克揭去公寓楼的外墙让室内场景全部暴露一样，将佩雷克写作的"脚手架"暴露出来。

第四主题"自传"自然离不开《W 或童年的记忆》这部十足佩雷克风格的非传统自传作品。这一部分还特别展示了佩雷克的童年照片，与作家笔下的回忆互相呼应。

展览期间蓬皮杜中心还组织了佩雷克电影作品的放映活动。可以说这个展览近乎全方位地对佩雷克的整个创作生涯进行了研究和梳理。

2008 年在南特美术馆（后巡展到多勒）举办的"睁大双眼看，看吧！"，直接以"佩雷克与当代艺术"为副标题，应该算是对二者关系最为全面的一次梳理。展览标题直接来自佩雷克在《人生拼图版》中所引用的，儒勒·凡尔纳的小说《米榭·史托哥夫》（*Michel Strogoff*）中的句子，是对《人生拼图版》出版 30 周年的纪念。

这个展览汇集了约 70 位艺术家的作品，在策展人看来，他们是与佩雷克同时期进行着同样探索的艺术家，或者深受佩雷克影响的艺术家。作品大多来自美术馆及其他公共或私人收藏。展览以"日常"（le quotidien）、"游戏"（ludique）、自传

（autobiographie）和故事（romanesque）四个主题（这些词语被写在地面上）组成篇章和彼此之间的对话，在形式上也呼应佩雷克对拼图的情有独钟，将展览像拼图游戏一样在整个美术馆展开。位于中心位置的则是杜尚的《手提箱里的盒子》（*La Boîte en valise*），其用意在于：首先，杜尚被视为当代艺术之父，他在当代艺术中的地位如同格诺在文学中的地位，佩雷克将《人生拼图版》献给格诺，这个当代艺术展则向另一位源头人物致敬；其二，杜尚在格诺的邀请下成为 Oulipo 的海外通讯员，因此也是佩雷克的"同僚"；最后，杜尚这件代表作本身就浓缩着当代创作的"四个领域"。

在"游戏"单元，与《人生拼图版》中的人物同名、其创作也受到过佩雷克及 Oulipo 启发的弗朗索瓦·莫雷利特展出了双联画《Cavalièrement》（该词意为粗暴地、傲慢地，但其词根是 cavalier- 骑士），它直接指向象棋游戏，自然让人想起佩雷克写作中运用的"走马"。在"自传"单元可看到波尔坦斯基、苏菲·卡尔的作品，他们都无疑是自传性的最佳诠释者；"日常"单元可见莉莲·布尔吉（Lilian Bourgeat）、乔治·托尼·斯托尔（Georges Tony Stoll）、马修·玛西尔（Mathieu Mercier）等人的作品；而菲利普·托马斯（Phillippe Thomas）、辛迪·舍曼（Cindy Sherman）等人的作品则出现在"故事"单元。为配合主题，美术馆还委托艺术家 Ernest T 根据佩雷克的同名小说自由发挥，在其中一个展厅里创作了一间"艺术爱好者的收藏画室"。

2010 年，巴黎的"Galerie du Crous"画廊在《佩雷克手册》第十期"佩雷克与当代艺术"出版之际举办了与专题同名的展览，展出了与佩雷克有交集或有及其影响的后辈的艺术家的作品。此展览也可算得上是南特展览的延续，参展艺术家除了波尔坦斯基、莫雷利特等曾出现在南特的名字，还有凯瑟琳·庞帕拉特（Catherine Pomparat）［这位艺术教师开设有一门课程，专门教授有"佩雷克倾向"（tendance perecquienne）的艺术实践］及其在波尔多美术学院的学生。

自 2012 年起，法国戏剧导演布鲁诺·戈斯林（Bruno Geslin）以自己组建的团体"大杂烩"（La Grande Mêlée）[48] 的名义发起了一项名为"佩雷克计划"（Projet Perec）的艺术项目，意在"让普通生发新的意外"。[49] 顾名思义，项目受到佩雷克的种种实践——质疑、誊写、收集、挑选、分类、讲述、书写——的启发，要在当代生活中延续这种实践精神，持续向寻常提问。

项目内容包括：艺术家团队在精神病院、拘留所、学校等特殊地点的短期驻留，让病人、囚犯、学生、警卫、教师与艺术家相遇、交谈，甚至参与艺术创作和展览；"200个房间"
（200 chambres）计划则是对佩雷克清点自己住过的房间的延续，
请200个人分别讲述自己记忆最深刻的一个房间或一个夜晚，
以录像作为记录载体；由布鲁诺·戈斯林亲自指导的改编自
《睡觉的人》的同名戏剧，重新演绎佩雷克笔下那个尝试脱离世
界，最终还是重回人间生活的年轻人；24小时行为表演《屋顶
上的人》（*Un homme sur un toit*），仍以《睡觉的人》为蓝本，一
位舞者在连续24小时的表演中重组一个不可能的房间，该表
演"主要基于对日常仪式的观察"；[50]表演会被全程拍摄，与其
他图像混合、剪接，并邀请十几位演员朗读《睡觉的人》的文
本，将声音一同放入最后的录像片——发起者所说的"诗歌录
像马拉松"（poème vidéo marathon）；录像片同时在网络和公共
场所播放，在表演进行的同时，在不同地点还会进行讲座、即
兴表演、放映等活动，这些地点的选择则是一条"佩雷克线路"
（Parcours Perec）。

这个项目目前还在进行中，它意在制造机会让人们重新阅
读佩雷克，进而在佩雷克的提示下重新审视我们的日常生活。
不过此举显然带有刻意模仿和表演的性质，而且恰恰将日常生
活故意抽离了可以提供意外发现的语境，将一部分"普通"划
归为非常规状态，这对于"让普通生发新的意外"似乎并无帮
助，反而有悖于佩雷克深入日常随时随地发现的初衷。

在当代艺术圈之外，文学界——尤其是作家对佩雷克的纪
念和致敬从未停止。很多作家用自己的作品与佩雷克继续着
潜在的对话，这其中自然少不了Oulipo的作家们。比如马塞
尔·贝纳布为《人生拼图版》想象了那个不存在的"第一百
章"[51]；赫尔维·勒·泰利耶重拾了佩雷克的"城市植物志"计
划（尽管他并非有意地"重拾"，这场"不谋而合"却生动诠
释了Oulipo的佩雷克倾向）：根据在利用在人行道上捡来的物
品创作俳句。[52]

法国作家弗朗索瓦·邦（François Bon，1953— ）对佩雷
克的纪念方式更值得一提。这位不断重读佩雷克、不断重提佩
雷克对于当代情境下的认知与写作之重要性的作家，不仅用写
作向佩雷克表达自己的敬意，还在二十余年里深入法国各地的
工厂、学校、监狱，在那里展开写作工作坊。弗朗索瓦·邦于
2005年出版的《所有词都是成年人》（*Tous les mots sont adultes*）
是对自己组织写作工作坊的经验的分享，在书的第一章，他
首先向佩雷克表达了敬意：是佩雷克教会我们将触手可及的周
围事物转化为文学，将十分私人的材料变成最为中性的写作。
2012年，弗朗索瓦·邦出版了《物的自传》（*Autobiographie des*

objets），单是标题已经不难让人想到该书与佩雷克的渊源，事实上，作者在这本书里用自己与物品的关系描绘了自己的人生，也描绘了自己走过的时代："于是，我们也老了，洗衣机、电视机或电吉他，所有这些的象征价值已经消失，它们的出现对我们而言就成了一个事件吧？" [53]

2008 年起，弗朗索瓦·邦在法国国家图书馆（BNF）的支持下，正式推出在线写作工作坊"书写城市"（Écrire la ville）[54] 项目。这是专门以城市为主题展开的公众参与性写作项目，网站向所有参与者提供写作建议，借由图书馆的资源提供各种参考资料，组织作家与参与者的见面会，并在弗朗索瓦·邦创建的博客 [55] 上发表写作成果。在首页的项目介绍中，邦首先用《空间种种》中的一段话表达对佩雷克的敬意："我们永远无法解释或判断城市。城市就在这里。它是我们的空间，而且我们再无其他空间。我们出生于城市。我们在城市里长大。我们在城市里呼吸。" [56]

《空间种种》无疑给了这个写作工作坊项目最大的提示，弗朗索瓦·邦解释道：

> 佩雷克用《空间种种》给我们留下了一个神奇的实验室，让我们理解城市提供给我们的房间、公寓、楼梯、街道、社区，还有边界的概念，以及叙事和写作的轨迹。而这些都留给我们尚未开发的地带。
>
> 而每一条被我们发现的轨迹，我们都能在他的作品里找到共鸣：我们中无人与他的作品毫无牵连。因此我们想把"书写城市"工作坊献给他。[57]

注释

1. Marcel Duchamp, "Propos", *Duchamp du signe*, Paris: Flammarion, 2013, p.190.
2. Jean-Max Colard, "Perec et l'exposition", *Cahiers George Perec*. No.10. 作者举出的例子包括："空间种种"曾两次被借用为展览标题、2000 年在巴黎市立现代美术馆举办了由 Christian Boltanski 和 Bertrand Lavier 策划的展览 *Voilà, le monde dans la tête*。后者邀请艺术家们对个人记忆与集体记忆进行一次回顾，也是艺术家对普通、次普通事物的一次梳理，因此展览以佩雷克在《我记得》中的叙述方式串联起这些记忆：Pierre Joseph 的巴黎地铁路线图、Christian Boltanski 的电话簿、Fischli 与 Weiss 拍摄的热门旅游景点的照片等。
3. Blandine Chavanne et Anne Dary, *Regarde de tous tes yeux, regarde, l'art contemporain de Georges Perec*, catalogue de l'exposition présentée à Nantes, du 27 juin au 12 octobre 2008.
4. Jean-Max Colard, " Perec et l'exposition ", *Cahiers Georges Perec*, n° 10, 《Perec et l'art

contemporain》, Bordeaux, Le Castor Astral, 2010, pp.51-66.

5. Jean-Luc Joly, "Beau présent. Perec et l'art contemporain". Argumentaire pour un numéro des "Cahiers Georges Perec", fabula,2008. http://www.fabula.org/actualites/beau-present-perec-et-l-art-contemporain-argumentaire-pour-un-numero-des-cahiers-georges-perec_22042.php.

6. ibid.

7. 《物》，第 3 页。

8. 《物》，第 5—6 页。

9. 《人生拼图版》，第 470 页。

10. 《人生拼图版》，第 118—120 页。

11. 《人生拼图版》，第 153 页。

12. *Entretiens et Conférences* Vol. 2, op. cit., p.213.

13. *Je me souviens*, op.cit.,p.38.

14. Georges Perec, "Allées et venues rue de l'Assomption", *L'Arc*, n° 76, 1970, pp.28-34.

15. 1958 年伊夫·克莱因在 Iris Clert 画廊举行的展览，也是其作品的名字，该作品被后世看作具有里程碑意义的先锋艺术。展览上克莱因将画廊的所有玻璃窗涂成蓝色，让观众外部除了一片蓝无法看见室内，而室内空空如也，墙壁和朝向内侧的玻璃全部被刷成白色。

16. *Espèces d'espaces*, op. cit., pp.66-67.

17. ibid.

18. 参看 Jean-Max Colard，"Perec et l'exposition", *Cahiers Georges Perec*, n° 10,《Perec et l'art contemporain》, Bordeaux, Le Castor Astral, 2010, pp.51-66.

19. *Entretiens et Conférences Vol. 2, op. cit.*, p.95.

20. 收录于 Cahiers Georges Perec, n° 6: L'Œil d'abord, Seuil, 1996.

21. 《人生拼图版》，第 11 页。

22. *Entretiens et Conférences Vol. 1, op. cit.*, p.186.

23. "L'œil d'abord... Georges Perec et la peinture", *Cahiers Georges Perec*, n°6, Paris, Seuil, 1996, pp.196—203. 转引自 Jean-Max Colard，"Perec et l'exposition".

24. *Entretiens et Conférences Vol. 2, op. cit.*, p.95.

25. 参看 *Entretiens et conférences, Vol. 1. 1965-1978. op. cit.*, pp.76-88.

26. 《人生拼图版》，第 473 页。

27. 布堡（Beaubourg）是蓬皮杜中心的所在地。

28. *L'infra-ordinaire*, op. cit., p.76.

29. *Entretiens et Conférences Vol. 2 op. cit.*, p.294.

30. Tania Ørum, "Perec et l'avant-garde dans les arts plastiques", *Études romanes*, n°46, Georges Perec et l'Histoire. Actes du Colloque international, Université de Copenhague, 30 avril au 1er mai 1998, 2000, p.206.

31. ibid.

32. Denis Roche, *La Photographie est interminable*, Seuil, 2007. 转引自 Jean-Pierees Salgas, "Le Centre Georges Perec", Regarde de tous tes yeux, regarde, *l'art contemporain de Georges Perec*, Editions Joseph K 2008 (collectif, dir avec Blandine Chavanne), pp.9-25.

33. "Technique du roman" (1937) in *Bâtons, chiffres et lettres* (1950), 转引自 Jean-Pierees Salgas, "Le Centre Georges Perec".

34. *Entretiens et conférences, vol. 2, op. cit.*, pp.146-149.

35. Jean-Pierees Salgas, *Le Centre Georges Perec*.

36. *Mémoires du quotidien: les lieux de Perec,op.cit.*, pp.147-150.

37. 参看 Tania Ørum, "Perec et l'avant-garde dans les arts plastiques".

38. 参看 Derek Schilling, *Mémoires du quotidien: les lieux de Perec, op.cit.*,pp. 147-150.

39. 参看 CCIC 研讨会 Architecture et littérature: une interaction en question (XXe-XXIe siécles), （2009）.http://www.ccic-cerisy.asso.fr/architecture09.html

40. Dan Graham, "Buildings and Signs", 1981, trad. dans Dan Graham, *Œuvres 1965—2000*, catalogue d'exposition, Paris, Musée d'art Moderne de la Ville de Paris, 2001, pp. 179-180，转引自 Jean-Max Colard, "Perec et l'exposition".

41. Jean-Pierees Salgas, Le Centre Georges Perec, "Regarde de tous tes yeux, regarde, l'art contemporain de Georges Perec", Editions Joseph K 2008 (collectif , dir avec Blandine Chavanne), pp.9-25.

42. ibid.

43. ibid.

44. ibid.

45. *Everyday life: Theories and practices from surrealism to the present., op. cit.* p.334.

46. ibid.

47. 《乌力波 2》，第 17 页。

48. http://www.lagrandemelee.com/.

49. http://www.projetperec.com/.

50. Le dossier artistique,http://www.projetperec.com/.

51. Marcel Bénabou, *L'appentis revisité,* Paris: Berg international.2003.

52. Hervé Le Tellier, *L'herbier des ville*s, Paris, Textuel, 2010.

53. François Bon, *Autobiographie des objets*, Seuil, 2012. p.8.

54. http://classes.bnf.fr/ecrirelaville.

55. http://www.tierslivre.net.

56. *Espèces d'espaces, op. cit.* p.122.

57. http://classes.bnf.fr/ecrirelaville.

结论
写作与日常

日常实践远远不是一种地方性和可归类的反叛，而是一种共同和无声的颠覆，几乎是盲目的——这就是我们的颠覆。

——米歇尔·德·塞托[1]

"日常文化首先是一门关于个体实践的科学"，[2]佩雷克则是一个十分生动、鲜活、有趣的个体实践的例子，向我们展示了以"写作"行为为主体的实践可能性。虽然他的种种写作实践不免暴露出人性的弱点与缺陷，却也是这些弱点与缺陷让佩雷克作为一个普通人与我们相当靠近，而没有被神圣化的距离感。

佩雷克用一生的实践诠释了一种现实主义的写作：它首先是对语言的敬意和兴趣，是对词语的把玩，对修辞的练习，以及对形式的锤炼，是尝试变换着花样和"诡计"去"讲述他想要讲或能够讲的一切"，[3]这是作为一个手艺人的本能与本职。同时佩雷克的写作不仅仅是狭义的文本书写，更是日常工作与生活的过程与方式，是用写作丈量生活、发现、甚至发明生活，将写作过成生活；是潜心在普通、次普通的日常世界里反复游荡、观察、发现、记录、收藏、整理、分类、重组、虚构。与此同时，写作更是一种可以随时展开的、积极的、创造的行动，是一种直面现实、揭示现实、努力改造现实的态度，是对自己身处时代负有的一种责任，是建立当代人的人类学知识的企图，是在（被理论激烈论述过的）资本、景观、异化这些外在的宰制力量已经日渐成为我们自身一部分的时代，真正把自我释放到日常生活的复杂而琐碎的画面之中，开辟异质空间，主宰我们自己的日常生活的战术。写作这一行动在佩雷克手上成为极其强大的媒介，依仗它，佩雷克成为作家、诗人、艺术家、发明家、收藏家、另类的"社会学家"，成为日常生活的主人。

佩雷克用他的写作证明了并非只有大写的文学。在德里达的定义里，"文学是一种允许人们以任何方式讲述任何事情的建制"，[4]德里达所提出的文学正是超越文学史叙述的一种自觉、自由的写作。福柯则提出过更为激进的"理想"写作：可以是一份传单，一张海报，一段影片，一次公共讲话，什么都行……[5]

对于佩雷克来说，写作是文学的前提，而文学是一张一直在完成之中的拼图版，它不仅由文学史中的那些名字构成，也包含了很多未知的名字，而且，日常生活中那些无人认领的"第三类文学"也是不可或缺的拼块；写作不是作者的特权，它更需要读者的合力，创造的权力在每个人手上。正如德·塞托所提出的，写作"作用于它的外部世界"，"具有'战略性'作用：要么某一传承于传统或者外部世界的信息在其中得到收集、分类、被嵌入某个体系并因此而发生改变，要么那些在这一特别地点中产生的规则和模型使得人们能够施作用于环境并使之发生变化"。[6]

佩雷克一生的写作野心是穷尽（exhaustion），他用二十余年的时间趋近这项不可能完成的任务：穷尽字典中的所有词汇，穷尽所有修辞方法，穷尽一个地点之中的人、事、物，穷尽对某一事物的记忆，穷尽关于他的时代所能写出的一切。显然用本文的篇幅根本无法穷尽这位作家/实践者/艺术家的所有路径与方法，因此也难以充分估量佩雷克所能带给我们的全部启示（或许还有一些反向的提示，比如当佩雷克开始习惯于一些实践方式与手段，就面临着自我景观化的危险）。但是在对佩雷克具有代表性的实践方式及产出的成果做了上述分析之后，我们仍可以追随这种穷尽的精神尝试稍作总结，提炼出一些关键词作为索引，试着为思考、批判和实践我们自身的日常生活现实找到若干方向与方法，打开更多可能。

游戏与练习

"真正的游戏不事宣传，它的目的就在它自身之中，它那平易的精神是幸福的妙谛。"[7]

佩雷克喜欢一个人玩填字游戏，他享受这种独处方式带来的乐趣；他在写作中挑选词语，尝试组合，把写作当成了更高级的文字游戏；他参加的"潜在文学工场"是一群游戏高手的集合，他们在自己订立的游戏规则下享受创造与发现的乐趣；在《人生拼图版》等作品的创作中，他将象棋之类的游戏规则应用于写作；他喜欢穿街走巷，观察行人、汽车、商店，暗暗地让周遭世界进入自己的游戏规则。创作对佩雷克来说从不是枯燥、苦闷的差事，反而总像是欢快的游戏，而他也很善于调动那些看似乏味的元素，使之成为游戏的一部分。这种游戏精神并非与创作之严肃对立，而正是赫伊津哈所说的——真正的文明所不能缺少的游戏成分。[8] 在阿格尼丝·赫勒看来，"愉快感，从某事中'获取愉快'，实际上只与日常生活有关"。[9] 我们有理由相信佩雷克的愉悦感与满足感总是来自这些在日常生活中自创的游戏，体验的过程远胜于游戏的结果。同时，游戏打破日常生活的常规（routine），另立规矩，使日常与节庆不再对立，而是随时让平凡的时刻发生微小又有趣的逆转。

这些游戏也是一种日常练习，它涉及技艺，是福柯所认为的文学领域所需要的手艺人意识（conscience artisanale）。对于以文学手艺人自居的佩雷克来说，写作这门技艺跟所有的技艺一样，是需要不断的训练、累积、完善的。为自己设置各种游戏的关卡，就是在磨练自己的各种工具与能力："问题不在于不用 e 来写作，而是全力倾注于这一行动，在赋予这一行动不及物性（intransitivité）的同时去除它的不及物性。问题不在于用 12 年来啰嗦一番话，这不会开辟什么道路，而是将这一计划锁定在它真正的框架之中：一种批评性自传的特点与界线，然后再来一次。"[10] 重复是这些游戏的一大特点，虽然佩雷克对作品的要求是从不重复，然而正是需要一再重复的行动，不断"再来一次"，才能避免机械化的重复，因为每一次重新来过都是对既有认识的重新检验、重新组合，它必然引向全新的结果。

限制与自由

语言本身就意味着限制，这是作家工作的前提，也恰恰是通往自由表达的工具。罗兰·巴特在《写作的零度》中也表达过类似的观点："语言结构包含着全部文学创作……像是一条地平线，换言之，既是一条界限又是一块栖止地……语言结构相当于一条界限，越过了这条界限或许就进入了语言的一个超自然领域。语言结构是一种行为的场所，是一种可能性的确定和期待。"[11]

佩雷克在严格的形式限制下写出了《消失》与《重现》，还进行了很多其他的文体尝试，比如回文诗、避字诗。但是在他的许多创作行为中，纯粹文本形式上的约束并不明显。比如地点计划的最大限制规则是时间，《人生拼图版》中的限制规则需要作者本人的揭秘——其中有些是文字上的规则，有些是只是作者给自己规定的每天必须完成的一件事情。

佩雷克及 Oulipo 成员们所实践的形式上的限制规则，在尊重语言结构本身的创造力和潜在性的同时，也体现了一种"自律性"，为了保证通往自由而必要的自律。佩雷克、卡尔维诺等写作者用他们的文学实践很好地向我们阐明了这一点："约束是原则，而不是手段"（雅克·鲁博）。[12] 虽然形式限制有时能够不期然抵达诗意的美，但是限制并非仅仅意味着拘泥于形式或教条，相反，限制本身是创作的前提与起点，一种需要遵守的"原则"，是一种具有生成功能的（generative）结构，因为限制让创作回到一个零度的起点，"圈出一块空白"，[13] 这也是罗兰·巴特在赞赏布朗肖、格诺时所说的"白色写作"（écriture blanche）。这片空白反而是作品自治性的保障："所有的写作痕迹，像一种最初作为透明、单纯和中性的化学成分似的突然显现，在这种成分中，简单的延续性逐渐使处于中止状态的全部过去和越来越浓密的全部密码（cryptographie）显现出来"。[14]

生命计划

当鲍德里亚感慨消费社会里人们的生活如同《物》所描述的人物一般，"生命计划表达于一种飞逝的物质性中""不再有计划而只有物品"之时，佩雷克却刚好相反地经常让生活在某项计划中进行——地点计划、造梦计划、描述一栋外立面被揭去的公寓楼的计划、"城市植物志"计划……他将自己的许多创作冠以"计划"（project）之名——"这是个合适的统称，指代那些他以及其他探索者借以让自身成为德·塞托所说的日常习艺者（practitioner）的活动"。[15]

"计划"也是谢林汉姆在其专著的最后所强调的深入日常生活的重要途径之一，作者着重指出计划（project）区别于其他任务（plan，scheme，task，等等）的地方："计划的目的更少被限定，更具有假设性"，"计划更少受一个预先知道并且须按照既定方式达成的目标的限定"，"它注重在一个未来时间段内所采取的步骤"，"不必过于强调其完成，更应在意的一方面是其观念、思想上的假定；另一方面是——理论上——导向实现的一系列行动"。[16]

佩雷克的几乎每项计划都并非为了某个既定目标，相反，总是随着行动的推进产生意想不到的结果，过程当中意外也会随时发生。他的不少计划半途而废，虽然这并不值得提倡，但我们更应该看到他在执行之时的强度与专注。我们还应看到，那些计划本身就是计划的意义与结果，佩雷克的许多文本不就是其工作计划的描述与报告么？"计划是关于实践及实践所制造的差异的，也是关于正统抽象思考的局限的：这就是计划与日常之间的紧密联系。"[17] 制定并执行这样的生命计划就是切实有效地投入日常生活，而不至使生命飞逝于物品、景观之中；是连通时间与空间，在宏大历史叙述之外塑造异质的、独特的、更加鲜活的历史性（historicity）。

正如谢林汉姆也指出的，计划这个概念如今变得时髦，在审美和文化活动中占据了越来越重要的位置，也将人们的注意力从结果转向过程与行动，这一转变具有积极的意义，也不免带来杂乱现象。比如"计划"一词特别常出现在当代艺术领域，但我们若以前述的定义和佩雷克等人的具体实践去衡量这些大大小小的"计划"，便能发现真伪，发现哪些是用行动与过程连接起美学的、知识的、经验的、历史的网络，而哪些又是空洞的、刻意的、虚伪的表演与附和。

与《物》中的人物相反，《人生拼图版》里的主要人物们都有自己的计划，也都不免在生命的终结之时对自己的计划有所抱憾。正如巴尔特布斯在离开人世之时，已经拼出的拼图图案中"留下了一个黑影：还缺一块拼版。空缺的形状正好是 X，而死者手中的拿的一块拼版形状却是 W。这真是长期以来人们早就预料到的对他的一种讽刺"。[18] 佩雷克与他的人物一样，始终在摸索着拼制他心爱的拼图版（对佩雷克来说，那是文学的拼图版），也似乎早就知道这同样是一个不可能的"穷尽"任务，甚至可能落得讽刺、可笑甚或悲哀的结局。但是正是这种积极的虚无让他未曾停止试验、拼凑、接近与想象，这是他的终极计划，这不是西绪弗斯式的寓言，而是活着的真相。

主动占有日常

佩雷克离世已三十余年，在 21 世纪的今天，当代城市中的日常生活同质化趋势有增无减，尤其是在"新自由主义不断加强对日常生活质量的进攻"（大卫·哈维语）之后。资本主义消费社会用虚假的精彩在人身上施加惰性，用符号意义磨蚀个体的判断力和创造性，直至磨灭日常生活的主体。但是德·塞托提醒过我们，消费者／使用者从来都不是完全被动的，成千上万的实践形式可以抵制权力机构的规训，使人们"重新占据社会文化生产技术所组织的空间"。[19] 阿格妮丝·赫勒则提出应该让生活成为"为我们的存在"："每一个主体都把自己的日常生活建立为'为他自己的存在'",[20] "幸福是日常生活中'有限的成就'意义上的'为我们存在'"。[21]

发挥我们本来就具备的能动性，主动留意日常，去理解"近在咫尺的复杂世界里的我们的此时此刻"（弗朗索瓦·邦），[22] 更加积极地去实践——"日常性存在于连接起所有上下文的实践之中；只有实践才能使日常变得可见"。[23] 如何采取主动，佩雷克如同日常生活发明家一般的实践是一些动人的示例。"次普通"虽然不是佩雷克首创的概念，但正是佩雷克身体力行的不懈诠释，才让它不再只是藏在某本书某一页的一个空洞概念，而是对日常生活更深层的挖掘，更是一种行动的方向。通过《共同事业》这样的集体实践，佩雷克及其志同道合的友人，在理论的高度上阐释对日常生活的批判和研究之于当下时代的紧迫性和重大意义；在个人实践层面，佩雷克用踩点、取证、列表、清单、现场记录，甚至虚构性发挥（故事的）等方式，向我们展示了对日常进行观察与描述、批判与重组的若干方法，"我记得""穷尽某处"都成为工具性的示范。同样，"第三类文学"也并非佩雷克提出的概念，但他格外在意揭示第三类文学的存在及其产生诗意、意外、奇异效果的可能性。修辞学、神话学、倾斜的目光、当代人的人类学、第三类文学，这些都是佩雷克在面对次普通的日常世界时所采取的策略。

佩雷克的形象就是这样一个积极的实践者：相比于概念，他更在意对概念的创造性发挥；相比理论阐释，他的能力更体现在让事物在被描述、被呈现的时刻揭示自身。因此在谢林汉姆所推举的四位日常生活的"导师"之中，佩雷克如此鲜明地区别于其他三位理论家，他不仅拥有文学家的魅力，玩乐者的自在，还有着艺术家的敏锐和操演性（performativity）；他用行动和语句表达对日常生活的敬意——"日常生活变得可见并非是通过叙述所承载的鲜明意义，而是因为它被注意到了。如果说存在日常物品和行动，根本原因不是它们被视为值得注意的（noteworthy），而是因为它们是可被注意的（noticeable）。"[24] 普通与特别、平凡与不同寻常（extraordinary）之间并没有界限，我们所看到的界线或许正是我们面临的危险。要跨过它、打破它，有时需要的仅仅是个微小的动作。

法国哲学家德罗亚（Roger-Pol Droit）在他的一本颇有趣味的小书《日常生活哲学的 101 次体验》（*101 Expériences de philosophie quotidienne*，2001）中，向读者建议了一些非常简易的小活动，比如随意拿起身上的一个物品，不断重复说出该物品的名称，直到"清空"该词的意义，以体验"去象征化"（désymbolisant）；或者花十五到二十分钟的时间，从 1 数到 1000，你会发现这并非一个机械无味的练习，相反它很容易被打断，而在完成这个练习后，你会对 1000 这个数字有了新的认知。"微不足道之事可供思考，不值一提的事可以导向严肃，深度从浅表走出"，[25] 这是德罗亚写作该书的初衷。他所建议的这类小游戏是启发读者"用微观事件和微弱冲动制造启动器"，[26] "撼动我们自以为确信的事实"。[27] 日常生活就是这样平常而又无常，每一时刻都可能是一次超越平常的机会，这些机会在我们自己身上，也潜藏在某一行不起眼的文字里，某一个默默无闻的物品身上，潜藏在德·塞托所致敬的那些"普通人，平凡的英雄，分散的人物，不计其数的步行者"[28] 身上。

日常生活的潜在性，我们无法用数学公式计算清楚，因为它是力量的点滴积累，也是无时无刻不在发生着的物理与化学作用。"一只咖啡勺也能反射阳光！……平凡的日常物品结成联盟，对任何在我们的文明轨道上行走着的人都发生作用。对日常生活的缓慢加工与历史的爆发同样重要；因为在无名的生活中，微粒的堆积最终会形成真正的爆发力。"[29] 列斐伏尔设想一场激烈壮阔的日常生活革命，鲍德里亚也呼吁"剧烈的突发事件和意外的分化瓦解"，[30] 比起突然而猛烈的重大变革，我们所能做的还有更多，记得我们始终对自己的日常生活负有最大的责任，也是点点滴滴的责任，肩负起这个责任，就会渐渐看到日常生活所积聚的惊人改变力量，就可以在潜移默化中重新发现进而重新占有日常生活："对日常生活的重新占有，将使之更清楚地显示出积极的内容。"[31]

注释

1. 米歇尔·德·塞托:《日常生活实践》1. 实践的艺术，第 306 页。

2. *L'invention du quotidien, 2. habiter, cuisiner, op. cit.* p.360.

3. 雅克·德里达:《文学行动》，赵兴国等译，北京：中国社会科学出版社，1998 年，第 5 页。

4. 同上，第 3 页。

5. *Les confessions de Michel Foucault* (1975), Propos recueillis par Roger-Pol Droit, 01/07/04 - N°1659.

6. 《日常生活实践》1. 实践的艺术，第 223 页。

7. 约翰·赫伊津哈:《游戏的人》，多人译，杭州：中国美术学院出版社，1996 年，第 235 页。

8. 同上。

9. 阿格尼丝·赫勒:《日常生活》，衣俊卿译，重庆：重庆出版社，2010 年，第 272 页。

10. Georges Perec, "Mai 1969, La Faute à Rousseau" [journal de l'association pour l'Autobiographie et le Patrimoine autobiographique], n° 10, *La Mémoire des lieux*, octobre 1995, p. 33.转引自De Bary Cécile, "Le réel contraint", *Poétique* 4/ 2005 (n°144), pp.481-489.

11. 《写作的零度》，第 7—8 页。

12. 转引自 Warren Motte, *Oulipo,a primer of potential literature,* op.cit.,p.13.

13. Philippe Lejeune, "Une autobiographie sous contrainte", *Le Magazine littéraire,* n° 316 (n° Georges Perec), 1993, pp. 18-21.

14. 《写作的零度》，第 13 页。

15. *Everyday life: Theories and practices from surrealism to the present.,* op. cit., p.387.

16. ibid. p.388.

17. ibid.

18. 《人生拼图版》，第 484 页。

19. 《日常生活的实践》，第 35 页。

20. 阿格妮丝·赫勒:《日常生活》，第 287 页。

21. 同上。

22. François Bon, "Littérature. L'engagement aujourd'hui", coordonné par Christophe Kantcheff, *Politis*, n° 642, semaine du 15 au 21 mars 2001.

23. *Everyday life: Theories and practices from surrealism to the present.,* op.cit., p.360.

24. 同上，p.347.

25. Roger-Pol Droit, *101 Expériences de philosophie quotidienne*, Odile Jacob, 2001.p.13.

26. ibid. p.14.

27. ibid.

28. 《日常生活的实践》，第 51 页。

29. Siegfried Giedion, *La Mécanisation au pouvoir. Contribution à l'histoire anonyme* (1948), trad. P. Guivarch, Paris, Centre Georges Pompidou-CCI-Denoël/Gonthier, 1980 (éd. 1983), I, pp.16-19.

30. 《消费社会》，第 203 页。

31. Henry Lefbvre, *Critique of Everyday Life,* volume 1, London and New York:Verso, 1991, p.87. 转引自吴宁:《日常生活批判——列斐伏尔哲学思想研究》，北京：人民出版社，2007 年，第 168 页。

参考文献

书籍部分

[1] 巴赫金 .《小说理论》[M]. 白春仁，晓河，译 . 石家庄：河北教育出版社，1998.

[2] 巴什拉（加斯东）.《空间的诗学》[M]. 张逸婧，译，上海：上海译文出版社，2013.

[3] 巴特（罗兰）.《神话——大众文化诠释》[M]. 许蔷蔷，许绮玲，译，上海：上海人民出版社，1999.

[4] ——《写作的零度》[M]. 李幼蒸，译，北京：中国人民大学出版社，2008.

[5] ——《文之悦》[M]. 屠友祥，译，上海：上海人民出版社，2002.

[6] 本雅明（瓦尔特）.《巴黎，19 世纪的首都》[M]. 刘北成，译，北京：商务印书馆，2013.

[7] 布朗肖（莫里斯）.《文学空间》[M]. 顾嘉琛，译，北京：商务印书馆，2005.

[8] 鲍德里亚（让）.《物体系》[M]. 林志明，译，上海：上海人民出版社，2001.

［9］——《消费社会》［M］.刘成富，全志钢，译，南京大学出版社，2008.

［10］德波（居伊）.《景观社会》［M］.王昭风，译，南京：南京大学出版社，2006.

［11］德里达（雅克）.《文学行动》［M］.赵兴国，等，译，北京：中国社会科学出版社，1998.

［12］德·塞托（米歇尔）.《日常生活实践》［M］//.1.实践的艺术，方琳琳，黄春柳，译，南京：南京大学出版，2009.

［13］赫勒（阿格妮丝）.《日常生活》［M］.衣俊卿，译，重庆：重庆出版社，2010.

［14］赫伊津哈（约翰）.《游戏的人》［M］.多人译，杭州：中国美术学院出版社，1996.

［15］卡尔维诺（伊塔洛）.《美国讲稿》［M］.萧天佑，译，南京：译林出版社，2012.

［16］——《帕洛玛尔》［M］.萧天佑，译，南京：译林出版社，2006.

［17］——《命运交叉的城堡》［M］.张密，译，南京：译林出版社，2012.

［18］勒菲弗（亨利）（亨利·列斐伏尔）.《空间与政治》第二版［M］.李春，译，上海：上海人民出版社，2008.

［19］卢卡奇（乔治）.《卢卡契文学论文选》第一卷［M］.范大灿选编，北京：人民文学出版社，1986.

［20］——《历史与阶级意识》［M］.张西平，译，重庆：重庆出版社，1989.

［21］——《审美特性》I卷［M］.，徐恒醇，译，北京：中国社会科学出版社，1986.

［22］罗伯-格里耶（阿兰）.《为了一种新小说》［M］.余中先，译，长沙：湖南文艺出版社，2011.

［23］佩雷克（乔治）.《物》［M］.龚觅，译，北京：新星出版社，

2010 年.

［24］──《人生拼图版》［M］.丁英雪，连燕堂，译，合肥：安徽
文艺出版社，1999.

［25］瓦纳格姆（鲁尔）.《日常生活的革命》［M］.张新木，戴秋
霞，王也频，译，南京：南京大学出版社，2008.

［26］维诺克（米歇尔）.《法国知识分子的世纪──萨特时代》
［M］.孙桂荣，逸风，译，南京：江苏教育出版社，2006.

［27］维利里奥（保罗）.《无边的艺术》［M］.张新木，李露露，
译，南京：南京大学出版社，2014.

［28］吴宁.《日常生活批判──列斐伏尔哲学思想研究》［M］.北
京：人民出版社，2007.

［29］中国乌力波编.《乌力波》［M］.北京：新世界出版社，2011.

［30］──《乌力波 2》［M］.北京：新世界出版社，2014.

［31］詹姆逊（弗雷德里克）.《詹姆逊文集》［M］.第一卷，王逢
振主编，北京：中国人民大学出版社，2004 年.

［32］Barthes, Roland. Essais critiques[M]. Paris:Seuil, 1964.

［33］─Œuvres complètes, tome I : 1942-1965[M]. Paris: Éditions du
Seuil, 1993.

［34］─Œuvres complètes, tome II :1966-1973[M]. Paris: Éditions du
Seuil, 1994.

［35］─Œuvres complètes, tome III : 1974-1980[M]. Paris: Éditions du
Seuil, 1995.

［36］─Le Grain de la voix : entretiens 1962-1980[M].Paris: Éditions
du Seuil, 1981.

［37］Bellos, David. George Perec, Une vie dans les mots[M].Paris:
Editions du Seuil, 1994.

［38］Bon, François. Autobiographie des objets[M]. Paris: Seuil, 2012.

［39］─Tous les mots sont adultes[M].Paris:Fayard,2005.

［40］Braude, Fernand, Civilisation matérielle, économie et capitalisme.

XVe- XVIIIe siècle.vol.1 Les Structures du quotidien [M]. Paris: Armand Colin, 1979.

[41] Burgelin, Claude. Georges Perec [M].Paris: Editions du Seuil, 1990.

[42] Certeau, Michel de et Giard, Luce&Mayol, Pierre.L,' invention du quotidien, 2. habiter, cuisiner [M]. Paris: Gallimard, 1994.

[43] "Regarde de tous tes yeux, regarde", L' art contemporain de Georges Perec[M]. dir. Jean-Pierre Salgas, Catalgue de l' exposition quise tient à Nantes. Nants: Joseph K, 2008.

[44] Christian, Norberg-Schulz, Genius Loci [M]. Bruxelles, Mardaga, 1981.

[45] Denize, Antoine (ed.) Machines à écrire [M]. version multimédia de trois œuvre oulipiennes,sous le conseil éditorial de Bernard Magné, Gallimard Multimédia, 1999.

[46] Droit,Roger-Pol.101 Expériences de philosophie quotidienne[M]. Paris:Odile Jacob, 2001.

[47] Duchamp, Marcel.Duchamp du signe[M].Paris:Flammarion, 2013.

[48] Gardiner, Mieheal.Critique of Everyday Life[M].London: Routledge, 2000.

[49] Gascoigne,David.The Games of Fiction: Georges Perec and Modern French Ludic Narrative[M].Peter Lang International Academic Publishers;1 edition,2006.

[50] Lapprand,Marc.Poétique de l' Oulipo[M]. New York: Rodopi, 2004.

[51] Lukas, Georges. Histoire et conscience de class[M]. Paris: Minuit, 1960.

[52] Lefevre, Henry, Introduction à la modernité [M]. Paris:Minuit, 1962.

[53] —La vie quotidienne de la societe modrerne[M].Paris:Gallimard, 1968.

[54] Lejeune, Philippe.La mémoire et l' oblique-Georges Perec autobiographe [M]. Paris: P.O.L, 1991.

[55] —Le Pacte autobiographique [M]. Paris: Seuil, 1975.

[56] Magné, Bernard.Romans et récits[M].Paris:La Pochothèque, 2002.

[57] Montfrans, Manet van. Georges Perec: la contrainte du réel [M]. Amsterdam: Rodopi, 1999.

[58] Motte, Warren.The Poetics of Experiment:A Study of the Work of Georges Perec [M].Lexington, KY: French Forum Publishers, 1984.

[59] —Oulipo, A primer of Potential Literature [M]. Dalkey Archive, 1998, Second printing 2007.

[60] Oulipo,La Littérature potentielle[M].Paris:Gallimard, 1973.

[61] —Oulipo, adpf [M]. ministère des Affaires étrangères,2005.

[62] —Oulipo, Pièces détachées [M]. Edition mille et une nuits, 2007.

[63] Perec, Georges, Entretiens et conférences [M]. vol.1&2, éd. Dominique Bertelli et Mireille Robière, Nants: Joseph K, 2003.

[64] —La Disparition [M]. Paris: Gallimard, 1989.

[65] —Espèces d' espaces [M]. Paris: Galilée, 2000.

[66] —Tentative d' épuisement d' un lieu parisien [M]. Paris: Christian Bourgois, 1983.

[67] —Penser/Classer [M]. Paris: Seuil, 2003.

[68] —Les Mots Croisés [M]. Paris: Éditions P.O.L,1999.

[69] —L' infra-ordinaire [M]. Paris: Seuil, 1989.

—Catalogue de l' exposition présentée à Nantes, du 27 juin au 12 octobre 2008.

[70] —Je me souviens [M]. Paris: Fayard,2013.

［71］—Je suis né [M]. Paris: Seuil, 1990.

［72］—La boutique obscure [M]. Paris: Denoel/Gonthier, 1973.

［73］—Le Cahier des charges de La Vie mode d' emploi [M]. sous la direction de Hans Hartje, Bernard Magnéet Jacques Neefs, Paris, CNRS Editions/Zulma, coll. Manuscrits, 1993.

［74］—W ou le souvenir d' enfance[M].Paris:Gallimard,1993.

［75］Queneau, Raymond.Le Voyage en Grèce [M]. Paris: Gallimard, 1987.

［76］—Exercices de style [M]. Paris: Gallimard, 1947.

［77］Rispail, Jean-Luc.Les surréalistes. Une génération entre le rêve et l' action [M]. Paris: Découvertes Gallimard, 1991.

［78］—L' Eternel et l' éphémère. Temporalités dans l' oeuvre de Georges Perec [M]. Amsterdam: Rodopi, 2010.

［79］Ricœur, Paul.La Mémoire, l' Histoire, l' Oubli [M]. Paris: Seuil, 2000.

［80］Schilling, Derek.Mémoires du quotidien: les lieux de Perec [M]. Presses Universitaires du Septentrion, 2006.

［81］Sheringham, Micheal.Everyday life: Theories and practices from surrealism to the present [M]. Oxford: Oxford University Press, 2006.

文章部分

［82］段义孚.《人文主义地理学之我见》[J].《地理科学进展》第 25 卷第 2 期，2006 年 3 月.

［83］杨国政.《乔治·佩雷克的非典型自传》[J].《外国文学评论》 2004（2）：98—106.

［84］于兹玛·本兹.乔治·佩雷克作品中的修辞学与论题源 [J]. 南京大学外语学院法语系，法国研究 (Etudes Françaises) No84.1er trim. 2012.

［85］赵司空.《论卢卡奇的中介本体论——兼论"中介"对于日常生活研究的意义》［J］. 武汉理工大学学报（社会科学版），2006，19（6）.

［86］Adair, Gilbert, The Eleventh Day Perec and the Infra-ordinary ［J］. The Review of Contemporary Fiction 13, no.1 (Spring 1993).

［87］Barthes, Roland, Vingt mots-clés pour Roland Barthes ［J］. Magazine Littéraire, No.97 (févr.1975).

［88］Baudrillard, Jean, Le ludique et le policier ［J］. Utopie, 1969, 2/3: 15.

［89］-La comedie dell 'arte' ,interview par Catherine Francblin ［J］. Art Press, No.216.

［90］Beaugé, Bénédict, Cuisine potentielle en puissance: l' Oucuipo, Sociétés & Représentations ［J］. Publications de la Sorbonne, 2012, 2 (n° 34).

［91］Bernard, Magné, Georges Perec et les mathématiques ［J］. Tangente. 2002,87: 30-33.

［92］Bon, François, Littérature.L' engagement aujourd' hui, coordonné par Christophe Kantcheff ［J］. Politis, n°642, semaine du 15 au 21 mars 2001.

［93］Brasseu, Roland, Je me souviens de I remember ［J］. Communication au séminaire Perec, Université de Paris VII, 1997.

［94］Burgelin, Claude, Les Choses, un devenir-roman des Mythologies? ［J］. Recherches & Travaux, 77 | 2010, 57-66.

［95］Cécile, De Bary,Le réel contraint ［J］. Poétique 4/ 2005 (n° 144): pp. 481-489.

［96］Colard,Jean-Max, Perec et l' exposition ［J］. Cahiers Georges Perec, No.10: Perec et l' art contemporain, Bordeaux, Le Castor Astral, 2010, p.p 51-66.

［97］Constantin, Danielle, Sur Lieux où j' ai dormi de Georges Perec

〔J〕. Mis en ligne le: 30 mars 2007.

〔98〕 -Ne rien nier. Enoncer, La mise en place des instances énonciatives et narratives dans les premiers temps de la rédaction de La vie mode d'emploi de Georges Perec 〔J〕. Texte, 2000, 27/28: 267-295.

〔99〕 Decout, Maxime, Georges Perec: à la recherche de l'épuisement des temps 〔J〕. Acta fabula, vol. 12, n°3, Notes de lecture, Mars 2011, URL : http://www.fabula.org/acta/document6194.php.

〔100〕 Les confessions de Michel Foucault（1975）, Propos recueillis par Roger-Pol Droit, 01/07/04 - N°1659.

〔101〕 Gollub, Judith,Georges Perec et la Littérature Potentielle 〔J〕. The French Review, Vol. 45, No. 6 (May, 1972), .pp.1098-1105.

〔102〕 Joly, Jean-Luc, Beau présent. Perec et l'art contemporain. Argumentaire pour un numéro des Cahiers Georges Perec 〔J〕. Fabula, 2008.

〔103〕 Lavallade, Éric, Lieux Obscurs, Parcours biographiques et autobiographiques dans La Boutique Obscure entre 1968 et 1972 〔J〕. Le Cabinet d'amateur. Revue d'études perecquiennes/ 1.

〔104〕 Lejeune, Philippe, Une autobiographie sous contrainte 〔J〕. Le Magazine littéraire, n° 316, décembre 1993.

〔105〕 Le Lionnais, François, Le troisième secteur 〔J〕. Les Lettres Nouvelles, Septembre-Octobre 1972.

〔106〕 Magné, Bernard, Le Cahier des charges de La Vie mode d'emploi: pragmatique d'une archive puzzle 〔J〕. Protée, 2007, 35(3): 69-85.

〔107〕 Michell, Petal, Constructing the architext: Georges Perec's Life a user's manual 〔J〕. Mosaic 37/1 (March 2004).

〔108〕 Montfrans, Manet van, Georges Perec, d'un cabinet d'amateur à l'autre 〔J〕. Etudes romanes, n° 46,Georges Perec et l'histoire. Actes du colloque international, Université de Copenhague (du 30 avril au 1er mai 1998).

［109］Ørum, Tania, Perec et l' avant-garde dans les arts plastiques ［J］. Études romanes, n°46, Georges Perec et l' Histoire. Actes du Colloque international, Université de Copenhague (du 30 avril au 1er mai 1998).

［110］Perec, Georges,La dictature du whisky' ［J］. Le Cabinet d' amateur, n° 3, 1994［1966］: 48-49.

［111］—Pour une littérature réaliste ［J］. Partisans n° 4, avril-mai 1962.

［112］Sheringham, Michael, Des saisons et des jours ［J］. Libération, 25, avirl 2013. http://next.liberation.fr/arts/2013/04/25/des-saisons-et-des-jours_893090.

［113］Tanguy, Wuillème, Perec et Lukàcs: quelle littérature pour de sombres temps? ［J］. Mouvements, 2004, 3: 33-34.

［114］Virilio, Paul, Paul Virilio on Georges Perec, Interview by Enrique Walker ［J］. AA Files, No. 45/46.

［115］Roubaud, Jacques, Notes sur la poétique des listes chez Georges Perec ［J］. Penser, classer, écrire, de Pascal à Perec,B. Didier et J. Neefs (éd.), PU de Vincennes, 1990: 201-208.

［116］Reggiani, Christelle.Poétique de la liste. Inventaire et épuisement dans l' œuvre de Georges Perec ［J］. dans Liste et effet liste en littérature, Sophie MILCENT-LAWSON, Michelle LECOLLE, Raymond MICHEL (éds), Paris:Classiques Garnier, 2013.

［117］Arnoux, J.Un pictura Perec[J]. Le Magazube Littéraire, No.326, mars,1983.

致谢

感谢我的导师高世名教授及全体导师组对本论文的悉心指导，感谢陈侗老师、杨令飞老师、余中先老师在我学习法国文学的道路上给予的启示与助益，同时感谢 Renée Ventresque 夫人、Jean-Claude Lebrun 先生、Benoît Peteers 先生、黄建宏老师以及蒙田女士对本文写作给予的热情帮助。

附录
乔治·佩雷克年表

* 1936 年 3 月 7 日，乔治·佩雷克出生于巴黎（十四区）。

* 1940 年（6 月 16 日），父亲 Icek Judko Perec 去世。

* 1942 或 1943 年，随红十字会前往 Villard-de-Lans（伊泽尔省）。

* 1942 年底（？），母亲 Cyrla Perec 在巴黎被捕后失踪，死于奥斯维辛。佩雷克的三位祖父母在流放时去世。

* 1945 年，佩雷克回到巴黎，由姑母、姑父收养。

* 1946—1954，先后就读于 Claude-Bernard 中学和 Geoffroy-Saint-Hilaire d'Étampes 学院。

* 1955 年，在《新法兰西评论》（NRF）上初次发文。

* 1957—1961 年，早期小说创作（l'Attentat de Sarajevo, le Condottiere, J'avance masqué），未发表。

* 1958—1959 年，主要在波城（Pau）伞兵营服兵役。

* 1959—1963 年，计划杂志《总路线》。

* 1960 年，与波莱特·佩特拉（Paulette Pétras）结婚。

* 1965 年，《物》获勒诺多文学奖。

* 1966 年，创作《院子尽头哪辆镀铬车把的小单车？》。加入潜在文学工场（Oulipo）。

* 1967 年，创作《睡觉的人》。

* 1969 年，创作《消失》。

* 1970 年，戏剧作品《加薪》在巴黎演出。

* 1972 年，创作《重现》。

* 1972—1973 年，与人合办杂志《共同事业》。

＊1973 年，创作《暗铺》。

＊1974 年，戏剧作品《巴氏口袋》（*La Poche Parmentie*r）在尼斯演出。创作《空间种种》。与伯纳德·奎桑（Bernard Queysanne）合拍电影《睡觉的人》。

＊1975 年，创作《W 或童年的记忆》。

＊1976 年，拍摄《神游》。为《观点》（*LePoint*）杂志每周撰写填字游戏。

＊1978 年，创作《人生拼图版》，获美第奇文学奖。创作《我记得》。

＊1979 年，创作《艺术爱好者的收藏室》。出版《填字游戏》。

＊1980 年，与罗伯特·鲍勃（Robert Bober）合作《埃利斯岛纪事》。出版《结束及其他诗歌》（*La clôture et autres poème*s）。

＊1982 年 3 月，因支气管癌去世于（马恩河谷省的）Ivry。